spüren, wie sich dessen Dosenöffner mit einer großen Portion gekonnter Komik, Ironie und Selbstdistanz jener Zumutungen erwehrte, die Welt und Leben für ihn und seine Familie bereithielten.

Vielleicht waren Jörg Bartels „Kolumbus“-Kolumnen (die ersten drei Texte dieses Bandes wurden noch unter dem Vorläufer-Titel „Kinder, Kinder“ in der „NRZ am Sonntag“ gedruckt) deshalb so beliebt, weil sie – gegen alle journalistischen Prinzipien – eben nicht vom Neuen, Unerhörten, Besonderen, Sensationellen berichteten, sondern von der ganz normalen Welt einer bundesdeutschen Mittelstandsfamilie: „Geschichten jenseits von Weltpolitik, Naturkatastrophen und Fußball-Bundesliga“, wie er das nannte. Am Erfolg seiner Kolumnen, die er selbst nicht halb so ernst nahm wie seine Theaterkritiken, die kulturpolitischen Kommentare und die Reportagen seiner frühen Berufsjahre, ja an der enorm lebhaften Anteilnahme von Leserinnen und Lesern war ihm klargeworden: „Es scheint wirklich nichts aufregender zu sein als der Alltag und nichts verrückter als die Normalität.“ Erzählt wurde das uns aus den Augen eines grundgebildeten, hellwachen, hochpolitischen und zutiefst humanen, überaus lebensfrohen Menschen. Was er an körperlichen Tief- und Rückschlägen einzustecken hatte, war nicht wenig; und einiges davon ließ er auch das Publikum wissen, schon um sich selbst darüber hinwegzuschreiben.

Jörg Bartel fand eine Art Trost im Schreiben, der aus dem Trotz geboren war. Und alles eigentlich nur, weil er ein „Satzliebhaber“ war – der kokett behauptete, er habe seinen Beruf „extra so gewählt“, dass er sich „ab und an selber“ Sätze machen müsse: „Außerdem kann ich kaum was anderes als Sätze“. Aber das konnte er weit und breit unerreicht gut. Nicht wenige derjenigen, die ihn lasen und im Laufe der Jahre zu Bartel-Fans wurden, fanden ihre helle Freude an den gut gebauten Sätzen, Gegensätzen, Widersprüchen und Pointen, aus denen Jörg Bartel seine Kolumnen zu Literatur für den Hausgebrauch werden ließ. Manchmal schrieb er eine ganze Kolumne nur deshalb, um einen einzigen Satz, der ihm eingefallen war und den er gelungen fand, in der Zeitung unterzubringen. Oder eine Pointe, mit der er Mitleid hatte – denn er wusste: „Die meisten meinen, das Problem seien Witze ohne Pointen. Sie haben ja keine Ahnung, wie verloren sich Pointen ohne Witze vorkommen.“

Von den gelungenen Urlauben im geliebten Apulien pflegte Jörg Bartel in der Redaktion zu berichten, sie seien von sensationeller Ereignislosigkeit gewesen. Und doch war die Kolumbus-Gemeinde stets auf dem Laufenden über die neuesten Ereignisse rund um seine „Olivengarage“. Es wäre ihm zu gönnen gewesen, dass er dort mehr Zeit hätte verbringen können: warme, heitere Morgenstunden, verdöste Mittagshitze, einen sonnenvergoldeten Lebensabend. Stattdessen ist da diese Lücke. Seine Kolumnen machen sie schmerzhaft bewusst. Und sie trösten darüber hinweg.

Piffpaffpuff

Opa mütterlicherseits war Jäger, Opa väterlicherseits war's auch, und selbst Papa väterlicherseits war kurzzeitig Jäger, zumindest so lange, bis er das Herz der schönen Jägerstochter gewonnen hatte mit einem Blattschuss. Das Reh war sofort tot, Mama hin und weg und der waidliche Teil der Familiengeschichte damit beendet. Ich war nie Jäger, ich war Sammler. Von Fußballbildern.

Und meine Kinder?

Jagen käme für meine Tochter nicht in Frage. Sie hat nie mit Pistolen gespielt, nicht mal mit rosa Barbie-Pistolen, und wenn bei Donald Duck einer mit Zeichentrickkanonen knallt, versteckt sie sich unterm Sofakissen. Außerdem ist sie tierlieb, wobei ausschließlich ihr Bruder vom umfassenden Artenschutz ausgenommen ist. Obwohl wir sie in langen Gesprächen davon überzeugen konnten, dass die Uropas und Opa sowieso nur die kranken Tiere, nur die ganz, ganz kranken umgelegt haben und mit Kugeln, die kein bisschen wehtaten, vergießt sie noch heute bittere Tränen über jedes arme Tier, das dereinst dran glauben musste, sogar über Opas brautwerberischen und allerletzten Blattschuss, der ja strenggenommen ein Notwehrakt war, weil Rosa ihm doch letztlich ihr Leben verdankt.

Jan jagt. Für ihn sind die Uropas Legenden: Robin Hoods. Er ballert mit Gummipfeilen, Einmachgummis und blankem Zeigefinger wild um sich, ruft pch, pch!, und hätte seine grüne Wasser-Pumpgun nur ein bisschen mehr Durchschlagskraft, unser Garten wäre praktisch vogelfrei.

Mir passt das gar nicht. Ich bin gegen Piffpaffpuff allergisch, und Schnecken, für die ich notfalls eine Ausnahme machen würde, werden gemeinhin nicht erschossen. Ich durfte nie Pistolen haben, denn mein Vater war seit seinem Glückstreffer (Mama) militanter Pazifist. Als Opa Heini, der Hasen schoss und Hühnchen aß, mir damals das tolle Cowboy-Kostüm (mit den roten Fransen) zu Weihnachten schenkte, musste ich zwei blöde Taschenlampen in die Halfter stecken. Taschenlampen!

Das war nun auch wieder nix, das war hochpeinlich, und sämtliche Indianerstämme von Essen-Altendorf haben sich totgelacht. Also bin ich bei meinem Sohn toleranter, nehme es hin, dass er ab und zu Amsel, Drossel, Fink und Star benetzt, und rufe kriegerisch Jan, steh sofort wieder auf!, wenn er spielt, dass sie zurückschießen.

Aber das schlechte Gewissen ist da. Ich denke an grüne Röcke, blaue Helme und rote Kreuze. Komisch.

(13.8.1998)

Herr, es reicht!

Herr, lass gut sein! Wenn dir partout danach ist, dann schick meinetwegen eine richtige Sintflut (nee, lass es!), aber dieses Nieseln, Dröppeln, Gießen, Schütten, Pladdern geht auf keine Ölhaut. Im Keller müssen wir nach den Kartoffeln tauchen, der Wohnzimmerteppich wellt sich, der Trockner dreht Richtung Guinness-Buch heiß, alles tropft und keucht und niest, da wird auch der trockenste Humor langsam feucht.

Wir haben so einen schönen Garten, sowas von schön, und gäbe es in Mülheim-Heimaterde Fährverkehr, könnten wir ihn sogar nutzen. Während meine Frau und ich uns mit gutbürgerlichen Herbst-Depressionen begnügen, machen Jan und Rosa aus unserem häuslichen Kleinod Kleinholz.

Rauswerfen?

Keinen Seehund würde man vor die Tür schicken bei diesem Wetter. Und noch haben sie nur das Seepferdchen: die söffen uns glatt ab.

Ja, man macht was mit mit Kindern, die nicht rauskönnen. Aber was macht man mit Kindern, die nicht rauskönnen?

Die geschrumpelten Kastanienmännchen stapeln sich schon bis unter die Decke, und der Tannenbaum, an den all der selbstgebastelte Weihnachtsschmuck passte, muss erst noch wachsen. Die Leih-Bücherei ist geplündert, praktisch leer vom Abenteuerbuch über die TKKG-Kassette bis zum spannenden Gesellschaftsspiel. Mittlerweile haben unsere Mattscheiben-Junkies sogar den Zustand erreicht, dass ihnen selbst das Fernsehen zum Hals raushängt.

Wenn sie nicht gerade mit finsteren Mienen im Wohnzimmer brüten und böööh, wie laaaangweilig stöhnen und was sollen wir jetzt machen fragen und uns annölen, als hätten wir dieses Sauwetter persönlich bestellt, worauf wir sie zum Spielen! verurteilen, hören wir die Kinderzimmer-Internierten über unseren Köpfen spielen. Das heißt, sie schmeißen mal den, mal die, mal das, mal dies auf den Boden, heulen, schimpfen, war'n das nicht und trampeln über unseren Köpfen unsere Nerven platt.

Ja, ich weiß: Da ist Phantasie gefragt! Da erst erweist sich, ob man den Aufstieg vom Unterhalts- zum Unterhaltungskünstler geschafft hat. Aber wenn wir nach allen Regeln der Selbstverleugnung und elterlichen Motivationskunst sagen: So, ihr beiden Hübschen, jetzt machen wir mal alle zusammen so einen richtig tollen ekligen Pfützenspaziergang!, dann sehen sie uns an, als hätten wir sie nicht alle auf der Latte.

Noch so eine Woche, und sie haben damit recht.

(12.11.1998)

Ich bin Hein Blöd

Über andere Leute mögen ja die Hühner lachen. Über mich lachen die Fische, und das liegt an meiner wunderbaren Familie, den Kindern vorneweg.

Ja, sie haben Papa noch stets bewundert, wenn er an warmen apulischen Abenden mit Dario mutig hinausfuhr in die endlosen Weiten des wogenden Mittelmeeres, dem Abendrot und dem Abendbrot entgegen, zu dem es nach glücklicher Heimkehr meistens Fisch zu essen gab: frischen, selbstgefischten aufgetischten Fisch – und vor allem maritime Heldengeschichten vom Schwertfischfechten und von Seeungeheuern, gefangen mit feinstem deutsch-italienischen Seemannsgarn. Wobei wir natürlich alles jenseits von zweifacher Handlänge auf dem Fischmarkt von Gallipoli kaufen.

Den Fisch lassen sie ja meist liegen, aber den Spökes fressen sie mir aus der Hand, so ist das mal. Was sie nicht wissen und auch nicht glauben würden, ist, dass ohne Darios Hilfe mir die apulischen Fische noch stets einen Vogel gezeigt hätten, wenn sie es denn könnten. Denn ohne Dario, der allerlei Schalentierfragmente und sogar springlebendige schwarze und rundum widerwärtige Würmer mit Seitenborsten als Köder an den Haken fummelt (der Mann ist Arzt), wäre kein Aas auf mich hereingefallen. Und selbst so einen Haken aus den Kiemen eines zappelnden Glitschfisches zu entfernen – weiße Ohnmacht! Bin ich Chirurg?

Nein, man sollte wirklich offener mit seinen Kindern umgehen und sogar ab und zu der eigenen Gattin die Wahrheit sagen! Man sollte nicht flunkern und strunzen und Märchen erzählen, auch wenn das noch so gut bei den Lieben ankommt. Sonst passiert nämlich das, was mir gerade passiert ist. Geburtstag habe ich gehabt – und was haben sie mir geschenkt?

Eine Angel! Eine echte riesig lange Angel zum Angeln mit Schnur und Blei und Rolle und Blinker und mehreren enormen Haken an der Sache, die ich nie wieder aus dem Daumen rauskriegen würde, würde ich sie jemals eigenhändig zur Anwendung bringen wollen.

Für den großen Pescatore! haben sie strahlend gesagt und schon mal Bestellungen für Meeresmonster in verschiedenen Größen aufgegeben. Papa macht das schon, der alte Seebär!

Der Rest steht in der Packungsbeilage. Und schaut nur, wie der sich freut!

Ja, doll, ganz doll, danke … Aber ich bin doch nur eines Fishermen's Friend. Meer nicht.

So wird man von Käptn Blaubär zu Hein Blöd.

(13.5.1999)

Schwein gehabt: bloß ein Igel!

Nicht auszudenken, hätten sie ein Pferd gefunden, mutterlos, vaterlos, obdachlos. Oder ein Huhn. Oder einen Komodowaran. Sie haben aber glücklicherweise nur einen Igel gefunden, rund 200 Gramm Igel netto, vor unserer Gartentür. Die haben sie der November-Einsamkeit und dem grimmen Winter entrissen, in den Pantoffelkarton von Karstadt gepackt und heimgeholt in die Kolumbusstraße 123. Und so haben wir jetzt einen Igel. Kein Pferd, kein Huhn und keinen Komodowaran, aber einen Igel.

Der wäre sonst jämmerlich gestorben. Hätte er 600 Gramm mehr auf den Igelrippen gehabt, würde er sich für den Winter draußen eingeigelt haben, im Frühjahr gähnen, 10 000 Schnecken fressen und ansonsten frei rumigeln. Hatte er aber nicht, also haben wir einen Cap-Anamur-Igel.

Dürfen wir den Igel behalten? Klar dürfen wir.

Igel kannten meine Kinder bisher nur in der Platt-Ausgabe mit Reifenprofilrücken. Igel sind Natur und lehrreich. Und: Igel wiehern nicht und gackern nicht rum und machen nicht, was Komodowarane vermutlich machen, und hauen im Frühjahr netterweise wieder ab, um alle unsere Schnecken aufzuessen. Und: Igel vertreiben Hauskatzen, bevor sie da sind, und Hunde auch. Igel sind also nützliche Tiere. Igel bleibt.

Er bleibt den ganzen Winter lang und ist angeblich süß. Obwohl ja so ein Feldwaldundwiesenigel, den man an der Ecke findet und aufliest, damit ihn nicht Mutter Natur um dieselbe bringt, normalerweise nur zu 40 Prozent aus Stacheln besteht. Der Rest sind Flöhe und Zecken. Aber die Igelstation in Essen hat ihn geprüft, für zu leicht (230 Gramm), aber auch für floh- und zeckfrei befunden, und so schmatzte er denn bei uns im Heizungskeller. Das tat er übrigens bei genau 20 Grad Celsius, denn bei höheren Temperaturen schwitzt er sein bisschen Fett weg, und bei niedrigeren denkt er, es sei Winter, pennt ein, wacht im März auf und ist tot: verhungert.

Aber er musste ja unbedingt zunehmen, der Igel. Bis 600 Gramm Minimum. Darum musste er tüchtig essen und täglich gewogen werden, wozu man eine Feinwaage kaufen muss, von der er immer runterhüpft und die nach jedem Wiegen desinfiziert werden muss. Mit blutigen Fingern vom Igelaufheben.

Was frisst der Micker-Igel? Katzenfutter natürlich. Schnecken kann er noch nicht vertragen, Äpfel und Möhren auch nicht, eigentlich überhaupt nichts von dem, was Igel meiner Meinung nach essen sollten, aber Rührei (salzlos) und: 750 Gramm Rinderhack und drei Hähnchenbrustfilets, bitte, sagte meine Frau laut an der Edeka-Fleischtheke und murmelte dann schief: u-und zwei Hühnerflügel.

Hühnerflügel?, guckten 2000 Fleischthekennachbarn. Hühnerflügel?, donnerte der freundliche Fleischer leutselig, hamsen Igel? Und es muss geklungen haben wie haben Sie einen Vogel? oder Schlimmeres.

Ja, und wie sollte er heißen, der auf Hühnerflügel fliegende Igel? Rosa, die ihn mit Karla vorm Gartentor fand, hatte ihm sofort einen Namen gegeben: Nicky. Nicky war schlau, denn vor lauter Stacheln wusste man wirklich nicht, ob sie oder er Nicky hieß, und Nicky geht immer. Nun hatte aber Jan auch Namenspatronage betreiben wollen und mit kühner Rechtschreibung Swieti auf den Pantoffelkarton gekrakelt, weil er ja soooo süß ist. Und schon war das Drama da, bitter: Rosa heulte Protest: ihr Igel, ihr Name, ihr Nicky! Jan, in einem Anfall von Diplomatie, bequemte sich zu säuseln: Swieti sei ja nur der Nachname, und wir atmeten kurzzeitig auf. Rosa aber heulte Sturm: Nein, Bartel sei der Nachname. Und Plischke (wegen Karla). Und dann heulte Jan, bis dass wir entschieden, dass dieser kurze ordinäre Igel einen extraordinär langen Namen für den langen Winter in unserm Heizungskeller durchaus verkraften könne. Und so haben wir den einzigen Igel westlich des Urals mit einem Bindestrich wie eine Gesamtschullehrerin: Nicky Swieti Bartel-Plischke.

Der Igel (den wir vorvorgestern mit 630 Gramm zum Winterschlaf ins Gartenhäuschen umgesiedelt haben) hatte nichts dagegen.

(13.8.1998)

Wie man keinen Kater kriegt

Ja, und eine Katze haben wir jetzt auch: Smilla. Schöner Name. Für ein Tier. Ich habe mich vorher extra auf Tierhaar-Allergie testen lassen beim Halsnasenohren-Arzt, hat aber nichts genutzt. Ich bin so ziemlich gegen alles allergisch: Haselbusch, Milbe, Cornflakes, Gänsefedern, aber leider nicht gegen Stacheln und Tierhaare. Ja, man kann nicht immer Glück haben, und wenn man auch noch Pech hat, kriegt man einen Kater.

Oder eine Katze. Das liegt an dem blöden Igel, an besagtem Nicky Swieti Bartel-Plischke. Bevor wir ihn in Maibaums todschicke Umzugskartons verpackt und dann ins Gartenhäuschen ausgelagert haben, hat er bei uns das Tier-Tabu rasiert. Und durch ihn waren ja nun schon mal Katzenfutter und vor allem dieser fiese Katzenfuttergeruch im Haus.

Und da war natürlich Rosas Weihnachtswunsch. Bei uns dürfen Weihnachtswünsche nämlich auf Weihnachtswunschzettel geschrieben werden, damit das Christkind (Rosa kneift längst Äugsken) den Eltern (Jan kneift auch Äugsken, weiß aber nicht warum) einen Tipp gibt, was denn die artigen Kindlein usw. usw.

Jan hat zwei Seiten vollgeschrieben, teils Block-, teils vereinfachte Grundschrift, teils Hochdeutsch. Was heißt Hochdeutsch: das Meiste war plattestes Amerikanisch (glauben wir) und endete auf -inator. Ein Haufen Plastik aus der Abteilung für ganz schlechten Geschmack, wahlweise transformierbar in Fluggleiter, Turboraketen, Katapulte und Megamaschinengewehre. Poach!

Rosa hatte nur einen einzigen Zettel gemacht, Vollhochdeutsch, und darauf stand nur ein einziges Wort:

Kuschelhäschen.

Sie hat dann nach einer Woche noch einen zweiten Zettel angefertigt, auf dem stand auch Kuschelhäschen.

Mit Ausrufezeichen.

Und dann kam der dritte: Ich wünsche mir nur ein Kuschelhäschen. Wenn ich den nicht kriege, rede ich an Heiligabend mit euch kein einziges Wort. Punkt. Ich meine es ernst. Punktpunktpunkt, Ausrufezeichen, Ausrufezeichen, Ausrufezeichen. Und dann hat sie noch einen wirklich sehr hübsch gelungenen Totenkopf mit gekreuzten Unterschenkelknochen dazu gemalt.

Tja, was macht man da?

Man wehret den Anfängen, führt ein sehr ernsthaftes Gespräch über strafwürdige Erpressung und darüber, wo das alles endet, nämlich im Zuchthaus, nimmt Rosas feuchtäugige Einsicht auf wie ein trockener Schwamm, macht Häschen, Hasen und Karnickel moralisch, charakterlich und überhaupt runter, preist die Vorzüge von – nur so zum Beispiel – Kätzchen, die wissen, wo ihr Klo aufhört und wo mein Wohnzimmer anfängt, die es aber nun mal leider nicht, so will es die Natur, an Weihnachten gibt, sondern nur im Frühjahr und Herbst, und dann, denkt man, hat man einen sehr schönen Erziehungsfortschritt erzielt.

Und dann kriegen die liebsten Eltern von der ganzen Welt einen neuen Weihnachtswunschzettel, auf dem steht: Ich wünsche mir zu Weihnachten einen Zettel, auf dem steht, dass ich vielleicht im Frühjahr ein Kätzchen kriege.

Tja.

So viel Durchtriebenheit muss belohnt werden. Natürlich hatten wir sie schnell von Klasserassekatzen wie Siam, Persern, norwegischen Waldkatzen und Karthäusern runtergehandelt (800 Mark für so einen schnöden Schnurrer? Wir sind doch nicht bekloppt!). Und suchten nach einem Feldwaldundwiesenbastard, getigert, gefleckt oder uni. Und dann gab's natürlich keinen im Angebot, wie immer, wenn man was dringend sucht, das man hundertmal mit Händen und Füßen abgelehnt hat, und dann hakte die linke Hinterbackenbremse (648 DM) und wurden uns weitweit weg Kühlschrank, Herd und Wasserpumpe geklaut, und da war's dann auch egal. War ja das Jahr der Dummheiten.

So fanden wir Smilla. Westfälin aus Menden, 1a-Katzenkinderstube, Britisch Kurzhaar, Lilac, grau, Fast-Karthäuser (Vater heißt Heavy Metal, Mutter ist eine von) und genauso teuer. Und sowas von süß. Zuname Bartel.

Ja, so ist das: Früher war die Kolumbus 123 tierfreie Zone, jetzt ist sie ein Zoo.

(22.1.2001)

Ja, das macht die Katze froh

Wofür unsere Smilla – noch – kein Gespür hat, ist das, was Katzen angeblich schon von Kindsbeinen an eigen ist: Hygiene. Im Gegensatz zu unseren Kindern, die schon früher die Katzenwäsche praktizierten, immerhin aber stubenrein sind, macht Smilla in die Stuben rein. Katzeklo-Katzeklo? Macht vielleicht die Katze froh, aber darum weiß sie noch lange nicht, wozu es gut ist.

Sie müssen sich das so vorstellen: Wir wohnen in sowas von überhaupt keiner Villa, sondern in einem schnuckeligen, leicht verhutzelten Hexenhäuschen auf der Heimaterde, sehr hübsch hinterm Murmelbach, Baumgroßvätern, Haselbüschen und derzeit ziemlich öden Weinranken verborgen, unweit vom Rhein-Ruhr-Zentrum. Das Hexenhäuschen besteht nicht aus Lebkuchen, sondern aus soliden Mauern, die nur im Keller etwas feucht sind.

Es besteht quasi nur aus Mauern, allerdings sind zwischen den Mauern ein paar Atemlöcher freigelassen worden: Das sind die Räume, in denen wir wohnen. Darin stehen im Parterre ein Esstisch, den wir nur ausziehen können, wenn die

Terrassentür offen ist, eine Bank, drei Stühle, ein blauer Schrank, Regale, Regale und das dicke fette rote Sofa, unter dem vor kurzem die Katze wohnte.

Die Decke ist niedrig, extrem niedrig: Wenn der Teppich nicht so flach wäre, würden wir nicht mehr drunterpassen. Also: Wo, bitte, soll da das Katzeklo-Katzeklo hin?

In den Schweinestall a. D., der einstmals ebenso zum normalen Heimaterde-Häuschen gehörte wie der Hühnerstall und der Birnbaum im Gärtelchen. Diesen heute komplett schweinslosen Schweinestall würde, wäre er eine Hundehütte, jeder Hund vor die Menschenrechtskommission zerren, aber er ist gerade groß und gut genug für meine Bücher, den kleinen Schreibtisch und mich. Und ein Katzeklo.

Das mag Smilla aber nicht. Sie ist ja noch so klein, Papa, und weiß angeblich noch nicht, dass sie unter anderem deshalb kein Kaninchen oder Hund geworden ist, weil sie nicht überall hinmacht. Sie macht aber ihren Haufen Ärger praktisch überall, nur nicht da, wo sie soll. Sie hat mittlerweile erfolgreich im Schlafzimmer, im Badezimmer und im Keller verklappt, und ich weiß nicht, ob mir mittlerweile Katze mehr stinkt als Haushaltsessig.

Ja, liebe Frau Lemärie vom Tierschutzverein Duisburg e. V., das ist so. Und ich sag' ja nix, ich meine ja nur. Außerdem haben wir – ja, das macht die Katze froh – mittlerweile drei Katzeklos: im Schlafzimmer, im Badezimmer und jenes dritte, das nie benutzt wird, in meinem Arbeitszimmer. Unser romantisches Hexenhäuschen mit den lila Fensterläden ist mit Smillas Auftritt ein Abtritt geworden, ein Einfamilien-Lokus.

Und wenn wir erst ein Katzeklo ins Wohnzimmer und noch eins unters rote Sofa gequetscht haben, dann gilt unsere Smilla, zumindest bei 75 Prozent unserer Familie, bald als 100 Prozent stubenrein.

(15.2.2001)

Ballermann sei Dank

Wissen Sie, was das Blöde ist an Leuten, die Haustiere haben? Dass sie pausenlos was über ihre blöden Haustiere erzählen: dass es Dackel Detlef irgendwie ahnt, wann Frauchen nach Hause kommt, und schon fünf Minuten vorm Motorabstellen euphorisch in die blaue Hundeleine an der Haustür beißt; dass Nymphensittich Nora auf Kommando kackt, wenn man die ersten Takte Mambo Nr. 5 spielt, so toll finde er das Lied: Dass man auf einmal Schockdurchfall mit Musikalität verwechselt, das ist das Blöde an Haustieren und denen, die sie haben. Das Allerblödeste ist: Wir sind natürlich genauso.

Alle wissen es. Alle wissen bereits, dass wir Zweibeiner in der Kolumbusstraße seit ein paar Tagen bäuchlings unsere Freizeit verbringen, damit sich der einzige Vierbeiner im Haus tierisch amüsiert: alle Nachbarn und alle Freunde, alle Handwerker, die Briefträgerin, alle Lehrer, und der Budenmann, bei dem man Knicklichter und essigsaures Weingummi kaufen kann, sowieso. Sie wissen, dass wir dabei vorzugsweise gelbe und grüne Riesenstrohhalme aus Plastik in den Händen halten: Originalballermannstrohhalme aus Mallorca, die uns, glaub' ich, unsere Freundin Me mal geschenkt hat. Grinsend.

Wir haben circa vier Jahre lang keine rechte Verwendung dafür gehabt: wir Eltern, weil wir schon auf Mallorca am liebsten mit dem Mund getrunken haben, egal was, unsere Kinder, weil sie auf einen Stuhl steigen müssten, um aus ihren Bechern per Ballermannstrohhalm zu saugen.

Die Albernheit dieser Vorstellung ficht sie natürlich überhaupt nicht an. Aber sie müssten sich dabei die Schuhe ausziehen. Und dazu sind sie schlicht zu faul.

Unsere Smilla aber, Smilla Bartel, geborene Heavy Metal und von …, findet Ballermannstrohhalme irgendwie voll geil. Offenbar muss es in der Natur gelbe und grüne Plastikmäuse geben mit einer 0,5-Zentimeter-Taille und ungefähr einen Meter lang: Smilla ist verrückt nach Ballermannstrohhalmen, und sie spielt damit großer starker Serengeti-Löwe, hetzt und fetzt und beißt und kratzt so enthusiastisch, dass wir ihr immer neue Ballermannstrohhalme zum Fraß vorwerfen.

Wir sind zwar fernwehmäßig auf Italien abonniert, aber bald müssen wir dringend mal wieder nach Mallorca, Strohhalme kaufen.

Es liegen aber neuerdings neben (uns und) Strohhalm-Schnipseln auch eine umgarnte Fuchsschwanz-Spitze ungeklärter Herkunft, Walnüsse und Tennisbälle im Wohnzimmer rum. Alle wissen das. Denn natürlich hat Rosa der ganzen Kolumbusstraße live und in Farbe davon berichtet. Und dass sie es war: Rosa Bartel, die Smilla unterm roten Sofa vorgelockt hat. Rosa Bartel, Katzenmutter. Mit einem gelben Ballermannstrohhalm!

Stimmt auch: Auch wenn es sich die Bartelsippe (sogar der als katzenresistent verschriene Opa Heinz) angewöhnt hat, wie Tanten an der Wiege mit Piepsstimme iiiidiotische Kosenamen zu piepsen, die vor lauter i-s in den Ohren schrillen oder auf chen enden: Smilliiii, Häschen (wobei mir Mäuschen für eine Katze noch immer der idiotischste von allen zu sein scheint).

Aber es war in der Tat und unbestreitbar Rosa, die durch den ersten öffentlichen Auftritt der nagelneuen und abgezockten Rassekatze als Rassekatzenmutter geadelt wurde: Smilla kam, Montag – High Noon, unterm Sofa vorgeschossen, erlegte Halm, sah Rosa, umschmeichelte Rosas Beine, schnurrte, Schwänzchen in die Höh', unter ihrer Hand wie mein oller Rasierapparat, aß das ganze Igelfutter, umschnurrte Rosa ein zweites Mal und war nun auch offiziell und unwiderlegbar ihre Katze. Ihr Einundalles. Ihr Mäuschen, das neben der Jagdbarkeit von Ballermannstrohhalmen instinktiv erkannt hat, auf wessen Wunschzettel sie gestanden hatte.

Rosa hat seitdem sowas Seriöses. Und ihr mutter-mildes Hachja beim Katzekloschrubben müssten Sie hören! Hätte unser irgendwann einmal Mäuschen killendes Mäuschen zufällig Jan die Ehre gegeben – wir hätten ein echtes Problem gehabt.

Aber Fräulein Smilla hat ein Gespür für sowas.

(22.2.2001)

Mit der Hochzeit hat es noch Zeit

Ist ja nicht so, dass bei uns in der Kolumbusstraße alles für die Katz wäre. Smilla, Smilla, immer nur Smilla! Puh! Nein, jeden Sonntag zumindest geht Rosa tierisch fremd und reitet auf Pferden rum, die oben viel zu hoch und hinten viel zu hart sind, als dass ich da mitreden wollte, geschweige denn: mitreiten. Rosa aber reitet mit 20 anderen Fast-nur-Mädels immer im Kreis rum, linksrum, linksrum, linksrum, trottet, trabt und galoppelt, und wenn nicht ab und zu mal eins runterfiele, schliefe ich dabei schneller ein als beim Schäfchenzählen. Aber so bin ich froh, dass mein an Sonntagen höheres Töchterlein mal an was anderes denkt als an Smilla.

Denkste.

Der schöne Reiterhof da im grünen Irgendwo zwischen Oberhausen und Mülheim besitzt außer Pferden und einem Haufen Stallungen auch einen großen Schuppen, der manchmal offensteht. Und wenn er offensteht, sieht man darin eine schneeweiße Hochzeitskutsche blitzen, wie ich sie seit Disney's Cinderella nicht mehr gesehen habe: ein Traum von einer Hochzeitskutsche. Und deren Anblick brachte meine Tochter prompt ins Sinnieren, wen wohl unsere kleine Smilla einmal heiraten möchte. Sammy und Flo, unsere beiden Nachbarkater, sind bildschöne Norwegische Waldkater, einer sieht aus wie die Nacht persönlich im Tunnel, der andere wie ein Orca und ist auch ungefähr so groß.

Charakterlich, da gibt's nix, sind die beiden einwandfrei. Und unsere Nachbarn sowieso über jeden Zweifel erhaben: Sie ist Krankenschwester, er ist Architekt. Also wären durchaus alle Voraussetzungen für eine glückliche und fruchtbare Verbindung auf Katzenebene gegeben – wenn die Kater noch Kater wären. Es sind aber Ex-Kater. Rosa hat das übrigens viel cooler akzeptiert als wir erklärt: Schnipp! Aus!

Ja, und nun? Wir haben ihr gesagt, dass Smilla noch viel zu jung zum Heiraten ist. Sie ist doch noch ein Kind, ich bitte Sie! Und überhaupt ist das ja alles nicht mehr so wie früher.

Letzten Sommer zum Beispiel war Sommerfest in der 123. Wir sitzen zusammen, Martin und Uschi, ein ewiges Single-Paar seit Anbeginn der Zeiten, waren aus München gekommen. Wir tratschen seit Stunden über den und die, damals und dann, über Schicksale und Scheidungen. Apropos Scheidungen, sagt Martin, den wir seit über 20 Jahren mögen, wisst ihr, wer vorgestern geheiratet hat?

Nee, sagen wir.

Ich!

Haben die, schwupps, geheiratet, nach 15 Jahren Beteuerung, sowas gehöre sich nicht, erstens weil und zweitens sowieso. Sie hatten heimlich geheiratet. Wir haben uns ziemlich unheimlich gefreut.

Und jetzt Norbert und Corinn. Dabei waren wir eigentlich zum Doppelkopf verabredet gewesen! Aber gegen 19 Uhr ruft Norbert an: Würde zu spät, Corinn habe Husten, müsse noch packen, und, ach ja, morgen um 10 Uhr werde in Krefeld, Standesamt Bismarckplatz, geheiratet.

Ach, haben wir gesagt, und wer wen?

Wir uns.

Ach. Und?

Nix und. Anschließend gehe es nach Karlsruhe, Termin mit einem Regisseur, vorher Trauung ohne Zeugen und Schnickschnack. Nur Ja. Ja und ab ins Auto.

Ja, und wer streut Reis?

Was für'n Reis?

Den für die Brautleute. Also sozusagen für euch. Wer streut den?

Warum?

Damit …! – Macht man halt so, und zwar schon immer. Und man heiratet auch nicht morgen, sondern – mindestens! – zwei Monate nach Vorwarnung. Und dann freuen sich die Eltern, die sich nicht einmischen, und nehmen alles in die Hand und machen alles so toll, dass man sich gerne auf der Stelle scheiden lassen würde, wenn man schon verheiratet wäre, und dann lädt man Freunde ein, und die Freunde kommen dann, lachen und heulen ein bisschen, dann macht's plöpp! und Kuss und alles Gute, und dann werfen sie Reis, und dann wird schamlos gefeiert, und die Hochzeitsnacht wird die langweiligste eures Lebens, und am anderen Morgen haben alle Kopfschmerzen. Und dann seid ihr meinetwegen verheiratet! Aber nicht so!

Ach? Na, gut. Dann kommt doch vorbei.

Nee, so kommen wir nicht. Nicht so. Wir wollen, dass eure Hochzeit was Besonderes ist.

Mal langsam: WIR heiraten doch, nicht ihr, und wir dachten …

OK. Aber das ist das letzte Mal!

So ist es auch gedacht.

Versprochen?

Versprochen.

Es war eine schöne Trauung. Saukalt war's in Krefeld, der Himmel weinte, meine Frau auch, und am Matschreis vorm Standesamt haben sich mindestens drei Brautpaare die Haxen gebrochen. Also alles in allem – doch, ja …

Aber bei Smilla wird das anders!

(1.3.2001)

Zahn um Zahn

Angeblich habe ich irgendwann einmal an dieser Stelle angedeutet, dass mein Kater nicht besonders helle sei. Ja, ich soll sogar behauptet haben, dass es sich bei meinem schönen grauen Kater Indiana Jones um den dümmsten Kater westlich des Urals handele.

Dazu ist Folgendes festzustellen: Ich liebe meinen Kater. Er ist ein schöner Kater, schöner als irgendein Kater, den ich kenne. Sein Charakter ist einwandfrei, er kratzt nicht, und außer roten Sofas lässt er Mülheimer Innenarchitektur komplett in Ruhe. Ich glaube, mein Kater glaubt, er sei ein Hund, der glaubt, er sei ein Mensch. Er geht gern mit uns spazieren, bei Fuß. Er bewacht unsere Autos und die Autos unserer Nachbarn auf dem unteren Kolumbusparkplatz.

Aber: Mein Kater kann nicht lesen. Und ich würde ihn, statt eines langweiligen Films, auf eine einsame Insel mitnehmen. Es würde garantiert nie langweilig, womit endlich bewiesen wäre, dass auch einem Einfältigen was einfällt.

Und: Mein Kater wurde als letztes von fünf kartäusergrauen Geschwistern in der Tierklinik Duisburg per Kaiserschnitt geboren. Und er war der einzige, der im Katzenkreißsaal reanimiert werden musste. Er war der Mickrigste. Er kriegte von allen am wenigsten Smilla-Milch ab. Smilla hieß seine Mutter, sie starb zu früh.

Er isst gern. Sein Lieblingsessen ist: viel.

Im Alter von etwa einem Jahr hat ihn irgendjemand fast zuschanden gefahren: Unter- und Oberkiefer waren zertrümmert, der Schädel gebrochen, die Unterlippe halb abgerissen, das linke Auge schielte, reine Nervensache. Er hat sich, ein blutender Trümmerhaufen, röchelnd bis unters Kolumbusdach geschleppt, nach Hause. Danach kroch er zwei Monate mit Halskrause und – ein physiologisches Wunder – Gehirnerschütterung durch die Gegend, aber er hat sich wundersam erholt. Zwei Drittel seiner Katzenleben sind sicher aufgebraucht, aber er hat sich erholt.

Obwohl …

Meine Tochter schwört, dass sie gesehen habe, wie unser Jones neulich ungebremst gegen eine gusseiserne Straßenlaterne auf der Straße Finkenkamp rannte. Er hatte Vögel betrachtet, sagt sie. Ich glaube, er war tief in Gedanken. Oder die Spatzenhirne haben ihm eine Falle gestellt. Dagegen kommt er nicht an.

Vorgestern ist uns aufgefallen, dass er seinen linken unteren Fangzahn verloren hat. Wo, das wissen wir nicht, vielleicht steckt er in einer Finkenkamp-Laterne. Wobei die kleinen Haltefestzähne zwischen den Fangzähnen ohnehin kurz nach dem schlimmen Unfall ausgefallen sind, aber die braucht man ja nicht, wenn man auf Dosenhühnchen spezialisiert ist und Leute wie uns an die Nahrungskette gelegt hat: Freitags gibt's Thunfisch im eigenen Saft von Edeka.

Gestern lag eine mausetote Maus vor unserer lila Haustür. Wir vermuten Altersschwäche oder Mäusepest oder Selbstmord, denn Jones kann es praktisch nicht gewesen sein. Mit seinen drei Fangzähnen, wovon sicher einer wackelt, und ansonsten blanker Felge mordet man keine gesunde Maus. Da er ja auch nicht kratzt, müsste er die Maus totgeknutscht haben. Wir vermuten, dass sich schon bald ein erregter Experte finden lassen wird, der nicht ausschließen kann, dass, wenn ein Huhn in eine Maus beißt, die kurz zuvor ungeschützten Sex mit einer Katze hatte … – Sie ahnen es.

Wir beachten diese Variante nicht weiter. Wir haben uns für dieses Jahr genug gefürchtet, und es geht uns ausschließlich um Jones. Jones ist zwar eher ein Mäusesammler als ein Mäusejäger, aber mit diesem aussen Zahn sieht er oben aus wie ein Vampir im Katzpelz und unten wie Witwe Bolte auf der Kirmes. Bei Hänsel und Gretel würde man ihn mit Sicherheit eher für die Hexe halten als für die Katze auf dem Buckel.

Er braucht einen neuen Fangzahn. Geld spielt natürlich keine Rolle, er ist ja privatversichert. Aber: Gibt es Brücken für Katzen? Gebisse? Oder Stiftzähne?

Wie ich uns kenne, wird unser Jones noch berühmt als der erste Kater mit Goldzahn.

(25.3.2006)

Was wichtig ist

Natürlich muss man sich als Journalist hüten, die Themen Ente und Zeitung ohne Not in allzu engen Zusammenhang zu bringen, aber manchmal geht es nicht anders. Der Kolumbusstraßenzipfel aus den Häusern 123 und 121 entwickelt sich nämlich immer mehr zum Zoo. Die zwei Nachbarkater, die skandalöserweise Jones und Blümchen immer verhauen, und ihre beiden Opfer waren ja erst der Anfang. Und die drei Millionen Nackschnecken lasse ich mal ganz außen vor.

Jetzt lebt, wie berichtet, der Igel Gandalf unter uns, über dessen florierendem Stachelhaupt Geschwader von Blau-, Kohl-, Tannenmeisen, Tauben, Buntspechte, aber auch Baumläufer, Rotkehlchen, Dompfaffen, verdammte Elstern, Amsel, Drossel, Fink und Star und Hühnerflügel schwirren. Selbst Kormorane, die vielleicht Graureiher sind, kreisen und kreischen ab und zu zwischen Finkenkamp und Amselstraße und versuchen, die fetten Karpfen aus dem nahen idyllischen Heimaterde-Teich zu fischen, in dem kurz vor dem Kriege und lange vor den Karpfen die Heimaterdler fröhlich gebadet haben sollen.

Wir hatten sogar schon Wildgänse, die sich in den kleinen Teich der Nachbarinnen plumpsen ließen, aus dem es neuerdings nicht mehr quakt. Neulich stand da mitten im modrigen Wasser zwischen Goldfischlaich und -leichen eine Ente, Entendame, reglos wie ein Entendamendenkmal.

Und drum herum lagen die Nachbarmädels und die Meinen im Unterholz, denn so viel wilde, ungebändigte Natur live und in Farbe hatten sie seit dem Tigerentenclub nicht gesehen. Sie waren zunächst mucksmäuschenstill. Warum? Ich hatte ihnen geraten, was ich meiner Tochter schon seit Jahren rate: mal eine Weile den Mund zu halten und abzuwarten, ob das Tier vielleicht niest. Oder hustet. Oder sich die Nase putzt. Wegen der Vogelgrippe, Sie wissen schon.

Dann beratschlagten wir, ob Enten mit Ölsardinen oder Thunfischhäppchen vom Goldfischfressen abzuhalten wären. – „Wie kocht man eigentlich Entengrütze?" – Gegen Hering in Tomatensauce wurde sofort Einspruch erhoben – wegen der Sauerei im Teich. So entschieden wir uns für Prinzenrolle.

Dabei muss ich zugeben, dass ich nach überaus positiven Enten-Erfahrungen beim Rüttenscheider Chinesen angesichts dieses drallen Federviehs eher ans Futtern dachte als an Füttern: „Wenn man eine Ente kaltmacht, ist das dann eine kalte Ente? Höhö!"

Nein, Sie haben vollkommen recht, das ist nicht wichtig. Wichtig ist, dass Mutter aus dem Krankenhaus raus ist und dass die im Krankenhaus irgendwann kapieren, dass neben einem ausgeschlafenen Arzt auch genussvolles Essen zur Gesundung beiträgt, aber fades, ödes, lustloses Essen unglücklich und krank macht; wichtig ist, dass ich auch mal wieder morgens warm duschen kann, statt in den Tag zu bibbern, weil meine sauberen Blagen immer alles wegduschen. Wichtig ist auch, dass mein Lieblingssohn sein Lieblings-T-Shirt wiederfindet, weil er sonst auf gar keinen Fall in die Schule gehen kann. Wichtig ist, dass Gandalf tüchtig Hühnerflügel frisst und später Schnecken und die Dirksens aus Orsoy nach drei Kindern und achteinhalb Jahren windelfrei sind. Jauchzet, ihr Völker am Niederrhein, Klein-Lorenz ist clean! Nie wieder Sondermüllberge! Nie wieder Puuh! und Penaten! Und endlich können die Dirksens der Inquisition auf die Frage „Na, ist er denn schon sauber?!" wahrheitsgemäß antworten: „Wie Neuschnee!"

Wir haben ihm innig gratuliert, dem Bauern Dirksen, und er hatte Tränen in den Augen wie Kolumbus, als er mit Gandhi gerechnet hatte und von George W. Bush begrüßt wurde. Die letzte Windel! Sowas ist wichtig. Die Fußball-WM, der Iran und Sabine Christiansen sind natürlich viel wichtiger, Tatjana Frankenstein und ihr blaublütiger Gesell, die 16.000-Euro-Frage und Kreislaufstörungen bei tanzenden Ex-Ministerpräsidentinnen sowieso. Trotzdem halte ich nach wie vor große Stücke auf das richtige Leben: Wichtig ist auf der Welt. Und für den Rest gilt: Einfach gar nicht ignorieren.

(13. Mai 2006)

Was fällt mir ein!

Ich liebe Sätze. Ich bin ein Satzliebhaber. Ich bin sogar ein ausgesprochener Satzliebhaber, ich habe Sätze so lieb, dass ich mir immer wieder selber welche mache. Selbst, wenn ich schon welche habe. Von Sätzen kann man gar nicht genug kriegen. Meinen Beruf habe ich mir extra so gewählt, dass ich mir ab und an selber welche machen muss. Das war schlau von mir. Außerdem kann ich kaum was anderes als Sätze.

Sätze sind was Wunderbares: Sie fangen Gedanken ein, kleiden sie ein, putzen sie vorteilhaft heraus, und an guten Tagen hecken die Sätze neue Sätze. Ein Satzmacher wäre also sowas wie ein Tierfänger, Zoodirektor und Züchter in einer Person. Und manchmal macht er einen Riesen-Satz wie ein Tiger.

Das war zum Beispiel so ein Satz. Am schönsten sind natürlich die schönen Sätze, Sätze, die einen schönen oder klugen Gedanken eingefangen und Rhythmus haben und schön klingen. Manche Sätze klingen allerdings gut und sehen gut aus, sind aber leider vollkommen schwachsinnig. Man kennt sowas aus dem Fernsehen und bei anderen Leuten. Und dann gibt es so Sätze – also ich weiß nicht. Das sind Sätze, die womöglich gut klingen, gut aussehen und wahrscheinlich sogar gut riechen, zudem sind es sehr persönliche Sätze, weil man sie selber gemacht hat – aber man weiß nicht, was soll'n sie bedeuten.

Das sind in der Regel unnütze Sätze, Sätze, die die Welt nicht braucht oder für die man sich eine eigene neue Welt bauen müsste, damit sie einen Sinn bekämen. Was nun wirklich arg viel Aufwand wäre für Sätze, die die Welt nicht braucht. Sie kommen einem jedes Mal, wenn sie einem unterkommen, schwer symbolisch vor, nur weiß man – wie einst Kurt Tucholsky – „leider nicht, wofür".

Mir fallen andauernd solche Sätze ein:

„Auch die Völkerwanderung hat einen eindeutigen Migrationshintergrund."

Das wäre denn so ein Satz. Der ist auf einmal da und steht rum in der Welt wie ein Heimatloser. Tritt etwas ratlos von einem Bein aufs andere, und wer ihn sieht und hört, sagt „aha", guckt aber woanders hin. Der Satz ist mir nicht einmal eingefallen, mehr so passiert, und ich habe vergessen, ihn wegzuwerfen oder zu verscharren. Jetzt ist er da und will nicht weg, sucht seinen eigenen Sinn, woher, wohin, und wird melancholisch darum.

„Meine feste Überzeugung ist, dass ich keine habe."

Das ist auch so ein Satz – mir eingefallen. Klingt gut, klingt intelligent, ist ausgesprochen zitierfähig und hat sogar Sinn. Das Problem ist nur – für mich ist er Quatsch. Ich habe jede Menge Überzeugungen und möchte die meisten auch behalten. Vor allen Dingen die ganz unhaltbaren. Zum Beispiel die, dass das Böse an allem schuld ist.

„Ideen sind was für Leute ohne Phantasie", das ist ein Hammer oder? Stammt aber nicht von mir, sondern vom Freund und Kollegen D., der immer sehr gerne sehr lange Vorträge hält über neueste Gewinnmaximierungschancen im Überseeaktiengeschäft. Ich sage nur: Costa Rica! Ich sage nur: Immobilien! D. ist ein ehrenwerter Mann und irre clever, und der Satz ist Spitzenklasse. Aber natürlich ist er Blödsinn.

Als wären Ideen leere Phantasien, als wäre Phantasie Ideenleere! Als könnte man Einfälle nur haben, wenn bei einem was ausfällt. Zum Beispiel das Hirn. Dann hilft das Gespinst: Greta Wehners Zettelkästen sind die Qumranrollen der SPD.

Sätze sind wie Schätze – einige sind Piratenschätze, ohne Scham geklaut, andere ehrlich erworben. Meine sind Zufallsfunde oder Spontangeschenke von mir an mich selber, und oft genug sind sie Pointen zu Witzen, die ich nicht kenne. Auch so ein Problem: Die meisten meinen, das Problem seien Witze ohne Pointen. Sie haben ja keine Ahnung, wie verloren sich Pointen ohne Witze vorkommen.

Man kann natürlich über diese Einsamkeit hinwegreimen: „Singt es laut, das Tier, statt leise, hat der Habicht bald 'ne Meise."

So, jetzt sind Sie dran.

(15.7.2006)

Wieder da

So, da sind wir wieder. Ein Wunder, dass wir überhaupt wegkamen, denn am schönen modernen Flughafen Köln/Bonn waren die Gepäckbänder ausgefallen. Zwei Stunden haben wir gewartet und unsere Koffer die Schlange lang zum Check geschleppt, und dann noch mal fast 100 Meter zum Bulky Luggage-Schalter, wo die nächste Schlange zischte und ein Italiener, der gleich uns nach Bari fliegen wollte, vorweltmeisterlich grinste: „In welchem Land sind wir hier noch mal?"

Wir kriegten Hitzewallungen, bis wir die Gangway lang zum Billigflieger spurteten, hineinhüpften und sich hinter uns die Tür schloss. Wir waren die Letzten. Die Allerletzten. Wollen Sie wissen, wie Leute gucken, die seit einer Stunde wie doof im Flugzeug hocken und auf die Allerletzten warten? Ich weiß es jetzt: Es ist das Allerletzte. Und ich weiß, dass ich sowas nie, nie wieder sehen will, nicht, wenn wir die Allerletzten sind.

Im Flieger teilte man uns mit, dass noch drei Personen fehlten, aber jetzt sei's endgültig genug: Abflug! Was uns ein wenig beruhigte. Dann hieß es, dass immerhin „75 Prozent der Gepäckstücke" trotz des defekten Kofferbandes mit uns flögen, was uns wieder ein wenig beunruhigte.

Dann war Urlaub, und es gibt nichts zu berichten. Schön war's, heiß war's – wobei ich schamvoll zugeben muss, dass ich die Wärme in der Ferne noch einen Tick mehr genieße, wenn ich weiß, dass es zu Hause Hunde und Katzen regnet. 40 Grad in Apulien? Ein Genuss, wenn sich gerade schwere, graue, nasskalte Juli-Nebelbänke träge über die Heimaterde legen …

Na, aber hier war's ja genauso heiß wie in Italien, dafür hingen auch dort überall Deutschlandfahnen rum, nur in Grün-gelb-rot.

Als wir wieder da waren, war es wieder so, wie es immer ist, wenn man wieder da ist: Man freut sich auf sein Bett und Leberwurstbrötchen, isst Pommes Schranke mit Curryfrikadelle, sitzt irgendwann vor der Glotze, die man drei Wochen nicht vermisst hat, und erfährt, was alles nicht passiert ist.

Alle wohlauf, gottseidank, Katzen inklusive. Mein Bruderherz, der Hundeflüsterer, hat auf den Zoo aufgepasst und hatte uns zwischendurch beruhigt, dass es ihm supergut gehe. Er hatte zwar Jones ausdrücklich zu einem tüchtigen Hund erziehen wollen, aber das Ganze endete damit, dass Johnny morgens um fünf in sein Bett geschnurrt kam und so lange Milch trat, bis Peter Frühstück machte, Katzendosenpamps. Und sich dann beide wieder aufs Ohr hauten.

„Kann es sein, dass euer Kater spinnt?“, fragte mein Bruder im hastigen Ferngespräch.

„Aber ja“, sagten wir und waren froh.

Dann nahmen wir zur Kenntnis, dass Jones mit Bruderherz zusammen das WM-Endspiel geguckt hat – und zwar 200 Meter weiter im Finkenkamp bei wildfremden Bekannten. Im Wohnzimmer. Mit Verlängerung! Dann erfuhren wir, dass Bruderherz irgendwann gerufen hatte, „so, Johnny, wir gehen“. Und als wir dann vernahmen, dass unser fauler Kater sofort aufstand, sich spektakulär streckte und weltverschlingend gähnte, um dann brav bei Fuß heimwärts zu trotteln, waren wir nur noch halbfroh. Ein bisschen fremdeln hätte unser Johnny nämlich schon können, anstandshalber, finde ich. Man muss sich nicht immer gleich ranschmeißen, auch nicht bei einem Blutsverwandten seines persönlichen Dosenöffners, zumal bei einem notorischen Hundefreund, der schon mal mit einem frommen Setter wochenlang den Pilgerweg nach Compostela gelatscht ist.

Viele Heimaterdler wissen, dass ich morgens mit Jones meine Heimaterderunde drehe. Und der Wirt vom Krug hat sich schmunzelnd damit abgefunden, dass mich Johnny notfalls bis an die Theke begleitet, aber mindestens klagend vor den Kneipenscheiben maunzt, bis ich mein schön gezapftes Bier ausgetrunken habe. Das ist exklusiv! Das macht man nicht mit jedem. Und das muss man auch nicht toppen. Ich weiß nicht, was dieser Kater sich dabei denkt.

Oder doch: nix.

(22.7.2006)

Ich war im Fernsehen!

Haben Sie mich gesehen? Ich war im Fernsehen! Morgens um 9 Uhr bei „Volle Kanne, Service täglich“ im ZDF. Sie haben mich nicht gesehen? Hörnsemal, 17 Prozent Marktanteil, Sie müssen mich gesehen haben! Ich hatte mich vorher allerdings auch nicht gesehen, aber jetzt guck ich immer, weil das Fräulein Ballschuh doch so nett ist und ich ja jetzt im Fernsehen wie zu Hause bin.

Wissen Sie, warum ich im Fernsehen war? Weil ich – festhalten! – „prominenter Frühstücksgast“ war. Und bevor Sie anfangen zu feixen: Ich war die niedrigste Aushilfskategorie eines Notreservepromis in der wegen der Leichtathletik-Europameisterschaften rekordkurzen „Volle-Kanne“-Schrumpfsendung. „Der Journalist und Autor Jörg Bartel“ sollte sein Buch „Kinder, Katzen, Katastrophen“ vorstellen, das auf dem Frühstückstisch lag – neben Obst (wegen der Vitamine, aber noch mehr wegen der Farbe), Hörnchen und O-Saft (ich hatte Hörnchen und O-Saft bestellt) und einer Tasse Espresso (hatte ich auch bestellt). Bestellt hatte ich viel, angerührt habe ich nichts. Zum einen frühstücke ich sowieso fast nie. Ich war, als die Kinder klein waren, nur sowas wie ein Schaufrühstücker, ein Brötchenanimateur, ein Cerealiensimulant für die Volksgesundheit der Blagen.

Zum anderen soll man ja nicht mit vollem Mund reden. Und an das zierliche Tässchen Espresso habe ich mich nicht rangetraut, weil ich doch so aufgeregt war.

Die Nacht davor war keine. Ich kenne zwar keine Furcht vor Herausforderungen, iwo, aber Schlaf davor kenne ich auch nicht. Ich bin die halbe Nacht im Hexenhaus rumgespenstert und habe mit Indiana Jones pfiffige, witzige, brillante, suuperrgescheite Antworten auf knifflige Fragen geübt. Mir fielen tausend knifflige

Fragen ein, schrecklich knifflige, aber keine einzige brillante Antwort. Ich würde eine einzige stammelnde Katastrophe sein, hirnlahm und hochnotpeinlich. Und Jones gähnte.

Als ich nicht mehr schlafen durfte, machte ich mir trübe Gedanken über mein Outfit. „Kommen Sie ganz normal“, hatte mir das ZDF gesagt. Aber das war so, als hätte man befohlen: „Gehen Sie ganz normal.“ Kein Mensch weiß dann noch, wie normal geht. Ich jedenfalls nicht.

Jeans? Schlips? Ich entschied mich für Nadelstreifen und suuperr legeres Blauhemd. Das zieh' ich immer an, wenn ich mich nicht entscheiden kann. Als mich das Fräulein Ballschuh sah, zog sie sich sofort um: rosa. Gutes Zeichen? Schlechtes Zeichen?

Habe ich erzählt, dass ich morgens mit einem Auto abgeholt und auch wieder zurückgebracht wurde? Wie gut, dass unsere Gebühren beim ZDF für was Sinnvolles ausgegeben werden.

Dann saß ich im Puderraum und wurde gepudert. Vor mir ein Riesenspiegel, neben mir eine Dame, die später was zum Sozialrecht erzählen würde, kannte ich aber nicht. Aber rings um den Spiegel lauter Promis, signierte Autogrammkarten von – allen. „Poach, was für tolle Leute!“, lobte ich. „Haben Sie auch eine Autogrammkarte dabei“, lächelte die schöne Schminkerin, „dann hängen wir sie auch da auf.“

„Äh …“

Dann kam der Verkabelmann und verkabelte. Dann kam der Redakteur und sagte, er lese die NRZ, und da wusste ich, ich hatte in der Fremde einen Freund. „Wenn ich vom Stuhl fallen sollte, schneiden Sie's bitte raus, ja?“, flehte ich, wobei das Rausschneiden bei einer Live-Sendung, glaub ich, ziemlich kompliziert ist.

Dann klebte ich auf einem Studiostuhl und bestaunte die anmutige Anmoderation vom echt netten Fräulein Ballschuh und harrte der ersten Frage. Dabei fielen mir leider meine Kinder wieder ein. „Mal ehrlich, wo ist eigentlich meine Schokoladenseite, Kinder“, hatte ich sie gefragt. Die hatten zunächst geschwiegen, dann den Kopf gewiegt und dann gesagt: „Papa, Du hast keine.“

Links, rechts – oje. Eine andere Perspektive? Von oben? Glänzt die Glatze! Von unten? Das Doppelkinn. Dann fragte mich das Fräulein Ballschuh was, und von da an kann ich mich an nichts mehr erinnern.

Sie?

(12.8.2006)

Total verplömpelt

Ich bin ganz durcheinander. Zuerst mal vor Freude, dass sich das Echte, Wahre, Schöne, Gute und Wohlklingende denn doch letztlich gegen das Falsche, Ömmelige und Verrabsackte durchsetzt: Die rheinischen I-Dötze haben sich gegen alle anderen der 800.000 Erstklässler-Schulanfänger durchgesetzt, jetzt noch nicht ganz global, aber doch fast deutschlandweit.

Ich persönlich, staatlich geprüfter Essen-Wester, war ja noch ein I-Männeken. Und ganz selten, für die Verwandtschaft aus Essen-Süd, ein I-Männchen. Und einmal war ich für ganz kurze Zeit auch ein I-Männlein, aber da hab' ich Tante Hete sofort gezeigt, was ein echtes I-Männeken ist und was der Unterschied.

Am nächsten Wochenende durfte ich nicht raus.

Ich war ausdrücklich nie ein I-Köttel („Iiiieh, Köttel?!"), bei dem das „I" ja nicht vom einfachsten Buchstaben überhaupt, sondern von igitt kommt. Ich war auch nie ein „I-Mimmschen", wie es dem Vernehmen nach eine Weile durch unser schönes Bindestrichland gegeistert sein muss. Und heute, I-Männeken a.D., habe ich zu registrieren, dass sich allerorten, sogar bis ins dunkelwilde Bayern hinein, in den bereits anzivilisierten Gegenden, das rheinische I-Dötzchen durchgesetzt hat, und ich kann gut damit leben.

Rheinische Sprachforscher haben übrigens festgestellt, dass auch der berühmt-berüchtigte Kölsche Klüngel und das vermaledeite Knöllchen rheinische Sprachschöpfungen sind, sprachbildend für das ganze Land. Heute wird sogar im drögen Hamburg geklüngelt, wo man zwar Schnack, nicht aber Schnickschnackschnuck kennt, jaja.

Wobei, wenn ich mich recht erinnere, in Essen-West klüngeln trödeln bedeutete. Also jetzt nicht im Sinne von falsch Flöte spielen und Alteisensammeln und -verhökern wie der Klüngelskerl, sondern von bummeln. Wobei ja der Kölsche Klüngel …

Da geht die Tür auf und herein schneit der Kollege Westrich, der bei der NRZ seit 250 Jahren all die guten Spiel-Tipps schreibt. Der wollte uns für seinen aktuellen Spiel-Tipp ein oder einen „Pöppel“ unterjubeln – für Spielfigur!

„Pöppel? – Du meinst Nüppchen!“, schollen oder schallen wir ihm entgegen, „Nüppchen, du Ahnungsloser, Nüppchen, allerhöchstenfalls Püppchen!“

„Püppchen sind kleine Puppen.“

„Püppchen! Oder Nüppchen!“

„Quatsch, es gab sogar mal eine Spielezeitschrift, die hieß Pöppel-Revue!“

„Gab? Gab einmal? Und jetzt?“

„Ist sie längst eingestellt“, musste er kleinlaut zugeben.

„Ist denn ein Pöppel nicht was zum Klofreimachen?“, fragt es aus der Pfiffikus-Ecke.

„Nein, das ist ein Pümpel! Ein Pümpel, mit dem man pümpeln, also pumpen kann, und nichts anderes!“

„Nee, das ist ein Plümpel. Bei uns zu Hause ist das ein Plümpel.“

„Bei uns war'n das Pömbel.“

„Sooo, und was ist ein Plömpel?“

„Ein was?“

„Ein Plömpel!“

„Ein Pömbel!“

„Ein Teich?“

„Ein ordinärer Mensch, der einen anpömbelt.“

„Pöbelt.“

„Popelt.“

„Ich glaube, der Plömpel ist eine Erfindung der letzten zehn Sekunden“, mutmaßte ich, wurde aber sogleich überplömpelt: „Das ist der Verschluss von einer Flasche Flens!“

„Aber der macht doch eindeutig ‚plöpp‘, nicht ‚plömp‘! Wenn, dann müsste es Plöppel heißen!“

„Hängen Plöppel nicht in dicken Kirchturmglocken und – …“

„Klöppel! Klöppel!“

„Nein, der ist beim Fernsehen und der Mann von dieser – Dings …“

„Das heißt Dingens.“

„Die heißt Dingens? Die heißt nicht Dingens.“

„Allerdings.“

– Ist es nicht alarmierend, was unsere Kinder heutzutage alles nicht lernen? Wie sollen aus ihnen je anständige Nordrhein-Westfalen werden, wenn die Einheitlichkeit der deutschen Sprache nicht gewährleistet ist?

Ja, da gucken Sie verdötzt.

(26.8.2006)

Ich vergess' immer alles

So, das muss ich Ihnen jetzt aufschreiben, damit ich's nicht wieder vergesse. Ich vergesse nämlich in letzter Zeit immer alles, also: Heute vor 40 Jahren hat Muhammad Ali, damals noch Cassius Clay, den tapferen blonden Deutschen Karl Mildenberger umgehauen, K.O. in der zwölften Runde.

Und der Kollege Manfred aus Moers hat mir geraten: „Versuch's doch mal mit indischen Stockenten!" Ehrlich, es kam eine E-Mail an, in der er mir riet: „Versuchs doch mal mit Stockenten!" Und ich gebe zu, dass ich zunächst dachte, jetzt hat es ihn also auch erwischt, den armen Manfred aus Moers. Aber dann klärte er die Sache auf. Er hatte sich jäh, wenn auch sehr, sehr spät (Niederrheiner halt) daran erinnert, dass ich mal schwer über die Nacktschneckenplage in meinem Gärtelchen geklagt habe und von Schneckenpflücken, Schneckenkorn und Schneckenerschrecken. Und meiner fast bedingungslosen Kapitulation vor der schieren Übermacht der Schleimer. Und da war ihm eingefallen, dass es da Stockeneten gibt, offenbar begnadete Schneckenvertilger: „Jawohl. Die kann man mieten, wie ich aus dem Bekanntenkreis hörte. Die indischen Stockenten verputzen sämtliche Schnecken, sind nämlich deren Lieblingsspeise. Wenn die Glibberviecher weg sind, kann man den Mietvertrag (mit den Enten natürlich) kündigen."

Also schrieb Manfred aus Moers, und ich habe mich natürlich bei ihm bedankt. Aber von Stockenten habe ich dennoch abgesehen, denn im Grunde meines verflixt und zugenähten Herzens möchte ich mit Viechern, denen Schnecken schmecken, nichts zu tun haben, nicht mal mietweise.

Noch was? Ach, ja: Ich habe leichtsinnigerweise gleich mehreren der allertreusten Kolumbus-Leserinnen (Männer! Gibt es euch noch? Was habe ich euch getan?!), die beteuern, mich DOCH im Fernsehen gesehen zu haben, versprochen, mal wieder was über meine Katzen zu schreiben.

Aber was soll ich da schreiben?

Blümchen pennt den ganzen Tag unterm Dachjuchhe im Korb mit der frisch gebügelten Wäsche. Dann bin ich in der Redaktion. Und nachts macht sie das Fußkissen für meine Frau. Da habe ich die Augen zu. Bis gegen 5.30 Uhr, denn dann fängt sie an zu krawallieren und verlangt Dosenpamps von Aldi, aber nur in den flachen Schälchen und mit Soße, und fängt an, am Schrank zu schaben. Will sagen: Entweder sehe ich sie nicht oder ich WILL sie nicht sehen.

Bei Jones ist das anders. Der geht immerhin mit mir spazieren und ist gerade dabei, sich Jule zurechtzubiegen. Jule ist ein rabenschwarzes Labradormädchen von sechs Monaten, sie heißt mit vollem Namen Jule Orthmann und wohnt genau gegenüber.

Jule ist leider noch viel zu begeistert, unseren Johnny zu sehen, das heißt, sie kommt noch viel zu flott angeschossen, um sein eher ruhiges Weltbild nicht zu verwackeln. Und sie wedelt noch viel zu heftig, wenn sie ihn entdeckt, irgendwo oben auf einem Autodach. Das Gewedel interpretiert er nach wie vor kätzisch, als Zeichen der Aggression. Und dann buckelt er und funkelt, und Jule läuft schwer Gefahr, geschreddert zu werden.

Aber, wie gesagt, Jule ist ja noch lernfähig, im Gegensatz zu unserem Deppenkater. Habe ich Ihnen erzählt, dass er neulich trotz der elektronischen Katzenklappe von Sammy durchs Haus gejagt worden ist? Was eigentlich nicht sein konnte? Und dass ich endlich drauf gekommen bin, wie dann doch?

Aufpassen: Jones hat irgendwie kapiert, dass er durch die Klappe kommt, nicht aber Sammy. Darum zischt er durch die Klappe, die sich hinter ihm schließt; aber dann fängt er an, durch die Klarsichtklappe Fratzen zu schneiden, um Sammy, der draußen sitzt und reinguckt, zu ärgern. Er droht ihm sogar! Dabei allerdings kommt er der Klappe zu nahe, die Klappe klappt auf, Sammy kommt rein und rächt sich bitterlich. Paar Tage später hat Jones alles wieder vergessen.

Noch was? Ja, am 21. September ist Welt-Alzheimer-Tag.

(9.9.2006)

Bartel in Bronze

Ich liebe Rhododendron. Und Azaleen. Die schönsten Rhododendren und Azaleen wachsen, finde ich, in meinem Garten und auf dem oberen Teil des Terrassenfriedhofs in Essen-Schönebeck. An ein paar Tagen im Mai explodieren da spektakulär lila, violette, fliederfarbene, zartrosagetauchte Büsche, vor allem links und rechts der Trauerhalle, die über dem Terrassenfriedhof so thront wie das Schloss Sanssouci über den Sans-Ossi-Terrassen in Potsdam, die so heißen, weil da fast nur Wessis hinfahren.

Auf dem Terrassenfriedhof liegt mein Vater, und ab und an fahre ich auf dem Weg zu meiner Mutter dorthin, um ihn zu besuchen. „Hallo, Papa", sage ich dann und weiß, dass ich in den letzten 35 Jahren nie „Papa" zu ihm gesagt habe, nur forsch „Vatter" oder, später, „Väterchen". Jetzt sage ich wieder „Papa", weil wir unter uns sind und weil ich ihn jetzt, wo er unter Astern, Mulch und Lehm und Stein begraben liegt, umarmen könnte.

Er ist vor einem Jahr eingeschlafen, über 80 Jahre alt, klaglos, wortlos, wahrscheinlich sogar zufrieden, einfach so bei „Wetten dass ...?", kurz bevor sich die Backstreet Boys wieder vereinten. Schöner Tod, dochdoch, und der Thomas Gottschalk kann definitiv nix dazu. Mein Vater saß bequem im Sessel, Beine hoch, und wartete auf die wieder vereinigten Boys, von denen er sicher nicht einmal wusste, dass sie je existiert, geschweige denn, dass sie sich getrennt hatten. Mutter saß im Fernsehsessel nebenan.

Als ich vor dem Grabstein stand, schöner braungrauer Findling übrigens, war das merkwürdig. Da las ich meinen eigenen Namen auf dem Grabstein: „Bartel". In Bronzelettern, quasi Schreibmaschinenschrift. Wie die sauber abgehefteten Gedichte in Vaters Nachlass.

Er war Lehrer gewesen, Volksschullehrer in Essen-West, Rektor gar und gern, und er war ein Dichter. Er hat die bewegende Vereinshymne des Bürgerschützenvereins Essen-Altendorf, Hubertuskompanie, gedichtet („... sei's wie es sei: Die Altendorfer Schützen sind immer dabei!") und Dutzende launige Gedichte für Hermann Böddekers Altendorfer Lokalanzeiger und die grünweiße Vereinszeitschrift, und es gibt praktisch keinen Nachbarn oder Freund oder befreundeten Nachbarn oder Freund eines befreundeten Nachbarn, dessen Geburtstag durch ihn nicht abgedichtet und abgerundet worden wäre: „... bis ihn der Tod beim Zählen stoppt. Der ist nicht reich, der ist bekloppt!"

So endet ein Gedicht über einen Nachbarn, der sehr sparsam ist und sich angeblich abends seine Goldbarren anguckt, statt, zum Beispiel, Briefmarken oder Gottschalk. Wussten Sie, dass auch Goethe sich solche Gedichte im 18. Jahrhundert aus dem Ärmel schüttelte? Und dass man sie „Kasualcarmina" hieß, Gelegenheitsgedichte?

Ich würde vermutlich keine Zeile schreiben ohne meinen Vater. Ich hätte Kolumbus nie entdeckt. Er war der Erste, der erfuhr, dass die NRZ einen Text von mir drucken wollte und „Kinder, Katzen, Katastrophen" von dtv nach Polen verkauft worden waren.

Das mit Polen hab ich ihm vorgestern erzählt, leise, unter den längst ausgeblühten Rhododendren und Azaleen. Und ich wartete auf hehre Gedanken, die nicht kamen. Was kam, waren Anekdoten, Augenblicke, Sätze. Die Tränen, die er lachte. Sein ausdrücklicher, doch unerfüllter Wunsch, „in einer Plastiktüte hinter der Pergola" begraben zu werden. Der Gedanke, dass ich nun der älteste lebende männliche Bartel auf der ganzen Welt war. Oje.

Der Nachmittag vor drei, vier Jahren, Sommernachmittag, als es so herrlich schrecklich heiß gewesen war.

„Puuh, was ist das warm", hatte ich behaglich geseufzt.

„Apropos schön warm", konterte mein Vater bierernst, „ich möchte eine Feuerbestattung!"

Unsterblich, der Mann. Und er hat sie natürlich gekriegt, die Feuerbestattung: und „Bartel" in Bronze. Schönes Grab. Komisch nur, dass ich nicht mehr weiß, wie ich mich von ihm verabschieden soll, seitdem er nicht mehr da ist. „Grüß Gott"?

(30.9.2006)

Heimaterde, kyrillisch

Kyrill – ist ein schöner Name. Kyrill klingt buchstäblich orthodox und nach Wolgawellen und russischer Seele, da schwingt die weite Taiga mit. Und Orkan – hat was sympathisch Türkisches: Erkan, Orkan, Vatikan, Olli Kahn. Und dann das: Was hat das geblasen! Ich persönlich mache mich ja leidenschaftlich gerne lustig, wenn schon wieder mal eine Monstersau durchs globale Dorf gehetzt wird, und wir müssen uns mal wieder vor was Neuem fürchten: vor Rindern, wenn sie verrückt werden, vor Vögeln, wenn sie husten, vor Polen, wenn sie schmelzen. Ich fürchte da nicht mit, doch selbst ich hab abends den Kopf vor Kyrill eingezogen, besorgt auf unsere Thujas geschaut, das Auto unter der Riesenbirke weggefahren, die schon nachmittags mit Ästen schmiss, und geseufzt: Achduliebezeit!

Wir sind dann doch noch gefahren, um einer lieben Freundin in Oberhausen bei ihrem Geburtstag beizustehen. Wir wollten nicht, dass der Mensch in diesen stürmischen Zeiten allein sei, standen mit ein paar hundert anderen eine halbe Stunde auf der paralysierten A 40 zwischen Heißen und Aktienstraße, entkamen herumfliegenden Blättern, Balken und Baken glücklich und wühlten uns schließlich über den Landweg Richtung Oberhausen. Es war ein Mix aus Abenteuer, Schnapsidee und versuchtem Ehrenselbstmord. Wir wurden vor Mitternacht wieder nach Hause geweht, wo sich unsere Kinder verbarrikadiert hatten und schimpften, dass der Fernseher ausgefallen war. Wir schliefen unruhig, weil die Sat-Schüssel über unseren Häuptern Geräusche machte wie ein Dosenöffner. Wir versuchten nicht an unser Dach zu denken. Morgens sahen wir: Der Bambus war umgekippt, zwei (blühende!) Geranien waren aus ihren Töpfen gepustet worden und der Liegestuhl, der schon vorher schrottreif gewesen war, Schrott. Jetzt kaufen wir einen, den auch ich aufstellen kann! Die Dachpappe unseres Gartenhäuschens bedeckt jetzt eins in Essen oder Bochum. Unser Waldschadensbericht: zwei Garten-Thujas, fünf, sechs Meter hoch, hatten schwer Schlagseite. Aber sie wären auf unsere Mauer gefallen, nicht ins Wohnzimmer, nicht aufs Dach, nicht wem auf den Kopf. Hauptsache.

Dann machten wir morgens in der Heimaterde Katastrophentourismus, zählten appe Bäume – und hörten rasch mit dem Zählen auf. Kurz vorm Hexenhaus war mal wieder ein Poller abgeknickt. Aber das war sicher nicht Kyrill gewesen, sondern ein Kotflügel, und dass das Schild, mit dem der Krug zur Heimaterde an der Max Halbach-Straße für sich wirbt, flachlag, auch das war nicht die Abteilung Sturmschaden. Das war Hirnschaden.

Wir wollen also nicht meckern, das heißt – doch. Der Wind weht, wo er will, aber das ist gar nicht gut. Wie wir lasen und sahen, sind überall Dächer entdeckt, stolze Bäume umgeknickt worden, und besonders traurig ist es um die uralte dicke, fette Trauerweide bestellt, die es am Rande des Heimaterdeteichs in der Baumhüfte hat bersten lassen. Dieser Kerl von einem Baum war mein Lieblingsbaum gewesen, weil ich den Optimismus der Trauerweiden mag: Ihr Grün ist das erste Hoffnungsgrün nach dem grauen Winter weit und breit.

Anderswo hat es ganze Wälder abgetragen, den Berliner Hauptbahnhof stillgestürmt, Autos zermatscht und – ? Was bleibt stehen?

Die potthässlichen rosa Zwillingstürme vom Essener Cinemaxx! Die Fahrbahnknotenbrücken, die Mülheims City knebeln! Die Müllverbrennungsanlage Asdonkshof. Alle „Betreten verboten. Eltern haften für ihre Kinder"-Schilder und die beiden Megatannen von Frau E., unserer liebenswürdigen Nachbarin.

Die Frau E., müssen Sie wissen, ist echt nett. Sie ist so nett, dass sich keiner zu sagen traut, dass ihre Tannen mittlerweile halbjährig die nachbarlichen Terrassen beschatten. Ich bin sicher, bei Kyrill saßen außer uns noch andere, die von Sägen und Böen träumten und voodoomäßig auf die Tannenwipfel guckten und murmelten: „Wehe! Wehe!"

(27.1.2007)

Alles hat seine Zeit

Jajaja, alles hat seine Zeit: Der Weihnachtsmann hat seine Zeit und der Osterhase, der Christstollen und das Nougat-Ei, der Sommer hat seine Zeit und der Winter, das Lachen und das Weinen, der Halbmond und der Vollmond, die 32 und die 34, jajaja.

Ich bin jetzt fast 50 und bei 34, wobei Sie wissen müssen, dass 32 bei Männern so ist wie 38 bei Frauen und 34 wie 40, mindestens.

Ich rede von Bundgrößen. Also von meiner Bundgröße, das heißt von der Bundgröße, die ich mal hatte, lange. 32 ist wie 38, also die gefühlte Idealgröße. Während ich seit gut 35 Jahren immer die gleiche Hosenlänge trage, hat sich im Laufe der Zeit an der Bundgröße doch einiges getan. Das waren für mich die einzigen signifikanten Zuwachsraten der letzten Jahre in Deutschland – an meinem Hosenbund. Wobei ich mich dunkel erinnere, dass ich auch mal 30 ausgesprochen bequem fand.

Vorbei, vorbei!

Vorbei?

Eben nicht ganz. In meinem Kleiderschrank, den Sie sich jetzt bitte nicht allzu geräumig vorstellen dürfen, in meinem Kleiderschrank ist die Vergangenheit noch sehr lebendig. Das heißt, sie hängt da rum, Bund nach unten, lauter Hosen mit 32.

Sie hängen schon seit Jahren da dumm rum, aber ich kann mich bislang nicht dazu überwinden, sie wegzugeben. Es sind schöne Hosen, und sie passen wie angegossen, nur eben leider nicht mir, nicht mehr.

Beziehungsweise noch nicht.

Jetzt noch nicht.

Könnte ja sein, dass ich doch noch mal mit dem Joggen anfange.

Dass ich Glück habe und mir eine ganz hundsgemeine Salmonellenvergiftung einfange.

Und wie schnell havariert man mit seinem Schiff und wird an ein einsames Eiland gespült, wo es nur eine einzige magere Kokospalme gibt! Welch ein Glück, dass man seine engen Hosen dabeihatte, sonst würde es ja nur so um die Hüften schlottern!

Ich weiß von einer Freundin, dass sie ihren Kleiderschrank voll von 38ern hat. Die guckt sie sich einmal die Woche an, und seitdem auch die 40er daneben hängen (sie hat mal das Rauchen aufgegeben), seufzt sie stark dabei.

Sie mag sich nicht trennen, sagt sie. Dieser Kleiderschrank sei eigentlich kein Kleiderschrank, sondern ein Album aus Holz. Für Erinnerungen an sich selber, ein Speicher von Maß und Gestalt, ein Mahnmal des Wachstums mit Schiebetür, das Geschichte und Geschichten lebendig werden lasse.

Und die Trauer.

Über das, was mal nicht da war. Aber alles rauswerfen? Das wäre, sagt sie, Verrat, das hätte das Stigma des Unabänderlichen, des Niemehrwieder. Und vielleicht, man könne ja nie wissen, raunt sie, und nimmt noch ein Pralinchen.

Na und?

32 plus oder 38 plus sind immer nur für die ein Problem, die sich gerne schlanker sähen. Ich weiß aus verlässlicher Quelle (die berühmten gut unterrichteten Greise), dass die allermeisten Männer überhaupt kein Problem damit haben, wenn aus 38 eben 40 wird, frauenkleidertechnisch. Ich würde mich sogar zu der These versteigen wollen: im Gegenteil! Solange ein Pfund schöner ist als das andere! Ha! Immerhin wissen die Pfunde bei Frauen einigermaßen, wo sie hinsollen.

Aber, und jetzt verrate ich Ihnen mal ein Geheimnis: Bei Männern ist das anders! Bis Männer eine Bundnummer zulegen, hat sich Dramatisches an ihrem Gewicht getan. Das ist genetisch. Wenn Männer zunehmen, dann nehmen sie nämlich nicht zuerst am Hintern zu, sondern – am Bauch. Die Beine bleiben völlig unbehelligt, was dazu führt, dass viele Männer auf dünnen Stelzen durch Gottes schöne Welt staksen und dabei von hinten aussehen, als müsste man tüchtig zufüttern. Aber von vorne! Und schlimmer noch: von der Seite! Da schwappt es übern Gürtel. Da sehen wir aus wie ein über die Backform gehupfter Gugel. Da – aber belassen wir's dabei. Ich muss jetzt wieder über was Wichtiges schreiben, jajaja.

(7.4.2007)

Bloß nicht Burschi

Sagen Sie mal ehrlich: Was halten Sie von Burschi? Ich meine: vom Namen „Burschi“. Ich meine für einen Hund. Ich persönlich bevorzuge bei Hunden ja eher Namen wie „Herr Walterscheid“ oder „Zecke Neuendorf“, und ich finde auch bürgerliche Namen wie Clara Schulz sehr apart. Gegen das Durchalphabetisieren von Rassehunden (1. Wurf alle mit A, 2. Wurf alle mit B., 3. Wurf – erraten!) spricht der Chaot in mir.

Und gegen Burschi mein schieres Mitleid mit der Kreatur. Ich meine: Mein Kater heißt ja auch nicht Hansel oder Fluse oder Miezemauz, sondern Indiana Jones. Das ist ein Kampfname, da schwillt die Helden-Brust von ganz alleine, auch wenn Jones bis heute nicht weiß, was und wer mit Jones gemeint ist. – Aber Burschi? Welcher Hund wollte mit einem Makel leben, der auf Burschi lautet. Burschi kann man einen Hängebauch-Hamster nennen oder ein neurotisches Meerschwein, aber doch bitte keinen Dertutnix, der später mal kniehoch wird und Leute in Waden beißt.

Der nagelneue Hund unserer lieben Freunde von der Heimaterde sollte aber Burschi heißen. Eine Handvoll Hund namens Burschi. Ein Terrierkonzentrat, ein Hunde-Kleindarsteller. Beziehungsweise ein Hundeklein-Darsteller oder ein Kleinhunddarsteller.

Egal.

Als Burschi zum ersten Mal in den Garten gekackt hatte, beziehungsweise Freund Ralf das erste Mal in Burschis Haufen getreten war und entsprechend ansprechend fluchte, war das Thema durch. Man kann nicht „Burschi!“ sagen, wenn man „Mistvieh!“ meint.

Jetzt heißt der Hund doch lieber Wilson.

Wilson?

Wilson, so hieß, wenn Sie sich erinnern wollen, der Volleyball von Tom Hanks in „Cast Away", wo er als moderner Robinson auf einer einsamen Insel fast verrückt wird vor Einsamkeit – und sich aus Verzweiflung den Volleyball mit dem Schriftzug „Wilson" drauf zum Gegenüber macht.

Er redet viel mit Wilson dem Ball, als wäre der Bernd das Brot. Er schimpft mit ihm und verrät ihm Geheimnisse. Wilson wird sein Freund. Und als bei seiner Insel-Flucht in schwerem Seegang der arme Wilson vom Floß gespült wurde, da rief Tom Hanks sein „Wilson!" fast so verzweifelt wie Ralf sein „Burschi".

Oh, ich mag Wilson. Wilson war vor ein paar Tagen bei uns zu Besuch, hüpfte Hundemutter Petra aus der Hand, dupste im Flur auf und schoss wie ein Pfeil auf Jonnys silbernen Fressnapf zu, in dem er vollständig verschwand, weil er doch so klein ist, der Wilson, und Jonnys Fressnapf so groß.

Jones sah vom gilben Sofa aus zu wie eine graue schwer gelangweilte Sphinx und machte nicht mal einen Buckel. Vielleicht hat er kurz überlegt, dass der Kleine womöglich ebenfalls essbar wäre, wenn er denn schon mal in seinem Fressnapf war.

Ich rief jedenfalls präventiv „Pfui!", worauf mir Jones einen indignierten Bernstein-Blick zuwarf: „Den da? Bäh!"

Als das Katzenfutter im Hund war, ließ sich Wilson von Petra nach Hause tragen und Jones von mir friedenskraulen.

Bei uns hat Wilson nirgends hingemacht. Ich mag Wilson. Ich freu mich auf Wilson, vor allem weil ich mich auf Ralfs Hundeschule freue. Ralf ist nämlich ein ausgezeichneter Hundelehrer. Ralf hatte schon mal einen Hund, einen Fox-Terrier namens Tom. Der Name war fast so kurz wie der Hund, der einer war von diesen braunschwarz gekräuselten, hypernervösen, steifbeinigen Ganzkörperzitter-Hunden. Sobald Tom wach war, begann er zu beben wie das Tschingderassa-Schepperhäschen aus der Duracell-Reklame.

Aber er war ein guter Fußballspieler – und vor allen Dingen kannte er einen Trick: Wenn er durch die Landschaft zitterte, musste man nur „Peng!" rufen, da fiel er um. Legte sich auf die Seite und rührte sich nicht mehr.

„Peng!"

Zack.

Kein Mucks, für Minuten.

Tom war der größte Hundeleichendarsteller, den ich je erlebt habe. Und jetzt bin ich echt neugierig, was Wilson so draufhat.

(19.5.2007)

Zum Glück

Na gut, wenn Sie's unbedingt wissen wollen: Ich trage mittlerweile Schuhwerk wie ein Mensch und nicht mehr wie ein Ötzi. Es hat sich praktisch ausgehumpelt, und ich hinke nur noch ab nachtmittags wie ein nicht mehr ganz so schiefer Vergleich. Dafür humpelt jetzt mein Kollege, der vortreffliche Bauer Dirksen vom Niederrhein. Dem ist bei der emsigen Recherche für seine gehaltvolle Kraut & Rüben-Kolumne ein Stück Orsoyer Garten ins Auge geflogen – sie wissen ja: Geschwindigkeit ist keine Häckselei –, und jetzt humpelt er mit den Augen.

Sieht eigentlich cool aus mit seiner dunklen Sonnenbrille, klagt aber über üble Schmerzen und hält knurrige Vorträge darüber, wie schwer es zuweilen fällt, ein Auge zuzudrücken. Und wie schön die Zeiten doch waren, als er sich noch von seinen kleinen Kindern ins Auge stechen ließ, handblenden sozusagen. Unter den Blinden wäre er zurzeit König, in der Redaktion, die vorzüglich mit Kunstlicht ausgeleuchtet ist, wirkt er mit seiner Mafioso-Brille etwas deplatziert.

Nun, im Moment haben ziemlich viele Freunde und Verwandte die Seuche am Bein. Mein Bruder, der ein berühmter Reiseleiter ist, berühmt vor allem für sein Glück mit dem Wetter, hat diesmal eher Pech. Mit allem. Alles fing damit an, dass sein Computer abstürzte und er meine Hilfe brauchte, um die günstigste Zugverbindung von Essen Hbf zum Flughafen Frankfurt herauszufinden. Nun sind Computer sowieso nur was für Leute, die viel Zeit haben. Wer aber meiner Hilfe am Computer bedarf, muss SEHR viel Zeit haben. Und wer dann noch auf der Fahrplan-Seite der Deutschen Bahn im Netz zappelt, geht echt besser zu Fuß. Ich vermute, die Schaffner und Lokführer und Mitropakellner sind eigentlich lieber unter sich. Oder Herr Bahnchef Mehdorn möchte, dass sie nicht gestört werden.

Weiter im Thema: Was ich herausfand, war eine Abfahrtzeit, die bedeutete, dass er früher aufstehen musste, als uns lieb war. Er musste nämlich in aller Herrgottsfrühe zum Essener Bahnhof gebracht werden – und an wem bleibt sowas hängen? Erraten!

Als er im Morgengrauen am Bahnhof stand, erfuhr er, dass der Zug in Bochum festhing, weil dort kleine Kinder auf den Gleisen herumliefen und das Überfahren kleiner Kinder in unserer überalternden Gesellschaft zu Recht verpönt ist.

Er nahm also den nächsten Zug, dankbar dafür, dass der laut Plan haarscharf noch zur Startzeit seiner Maschine nach Athen passte, wo seine Reisegruppe ebenfalls am Nachmittag eintreffen würde.

Als er in Frankfurt eintraf, erfuhr er, dass die griechische Airline den Flug gründlich gestrichen hatte, gerüchteweise wegen technischer Probleme; was ja eindeutig für die Gesellschaft spricht. Airlines, die erst in der Luft merken, dass ihr Zeug nicht flugt, sollte man nämlich unbedingt meiden.

Da war schon klar, dass seine Reisegruppe mindestens vier Stunden in der Fremde würde auf ihn warten müssen. Er ging so lange in den Frankfurter Zoo, sah befriedigt, dass all die vielen gefährlichen und stinkenden Tiere sicher hinter Gittern saßen, und sann darüber nach, dass der Kindermangel in Deutschland womöglich zu beheben wäre, könnten die Leute kleine Eisbären zur Welt bringen.

Es flog dann gar kein Flugzeug mehr nach Athen, wo zur Stunde gewaltige Unwetter tobten, die Eis und Blitze vom Himmel schmissen, als sei Zeus noch in Betrieb.

Nachdem er 20 Trost-Euro der Airline und die Frankfurter Ehrenbürgerschaft in Empfang genommen hatte, traf er am anderen Morgen in Athen ein, wo er seine Reisegruppe trocknete, bei neuerlichem Regen die Akropolis hinaufscheuchte, wo man wegen Regens die Hand vor Augen nicht sah und er – vermutlich – mit einigen echt antiken Scherzen die Reisegruppe bei Laune hielt:

Is Kalinichta?
Nee, aufe Akropolis.
Zu Fuß?
Nee, Metaxa!
Bar bezahlt?
Gyroskonto.
Und das geht?
Is da so Ouzo.

(16.7.2007)

Katzenerde

Ich kann es ja nur vermuten, aber unser Jones dürfte der einzige deutsche Kater sein, der Geburtstagspost kriegt. Sie werden es nicht glauben: Bruder Earl Grey hat ihm geschrieben und von Schwester Lilly gab es ebenso liebenswürdige Zeilen. Und auch von Grey Cat, die Familie Kobrinck fest in den Krallen hat (Sie wissen ja: Hunde haben Herrchen, Katzen haben Personal), kamen Grüße in die Kolumbusstraße geschnurrt, dabei ist das nicht mal Verwandtschaft, nur echt nett. Ansonsten haben ihm vorwiegend Menschen geschrieben, nur leider nicht der Herr Schumacher aus Essen, der sonst IMMER schreibt, wenn es Neues von Johnny zu lesen gibt. (Alles bei Ihnen in Ordnung, Herr Schumacher?!)

Nun haben mich meine gestrengen Kinder allerdings strafend angeguckt und behauptet, unser Blümchen sei beleidigt, weil es nie im Kolumbus vorkommt. Das stimmt zwar nicht, ist aber im Prinzip richtig, weil Blümchen einfach eine langweilige Katze ist. Ich bin weder katzenfrauenfeindlich noch ignoriere ich die Tatsache, dass sie schon früh von zu Hause verschleppt wurde ins Haus hinter der lila Tür.

Aber Blümchen ist nun mal eine sehr schwarze, sehr langweilige Katze, die sogar auch dann noch langweilig wäre, würde sie einem von links nach rechts über den Weg laufen und Flüche vor sich hin murmeln oder auf dem krummen Buckel einer alten Dame hocken, die gerade ihren Besen sattelt. Blümchen beißt nicht, kratzt nicht, und wenn Jones seine tollen fünf Minuten kriegt und sie zur Maus erklärt, dann spielt sie solange Beute, bis es ihr reicht und die Beute Jones über den Haufen faucht. Sonst ist über Blümchen nicht viel zu sagen, außer dass sie nur eine bestimmte Sorte Nassfutter zu sich nimmt; das steckt in so kleine Schälchen, die Jones Schwester, die dicke Lilly von Grobe-Weinstock, ganz alleine aufmachen kann. Nicht aber Blümchen. Blümchen isst auch, anders als Jones, Trockenfutter, was ja auch viel leichter ist, wenn man noch Zähne hat zum Kauen. Aber Briefe? Hat sie noch nie gekriegt, nicht einen.

Dass sie nicht so schön ist wie Johnny? Stimmt. Wer Jones sieht, denkt unwillkürlich: Was für ein bildschöner dicker grauer Kater! Wenn man Blümchen sieht, sieht man bloß schwarz.

Wenn Jones zu früh am Bett auftaucht, kann man ihn anknurren, dann guckt er beleidigt und putzt sich. Wenn man Blümchen anschnauzt, wandert sie schnurstracks zum Einbauschrank und schärft, was bei diesem Furnier gar nicht geht, daran ihre Krallen. Dann macht es in einsfünfzig Entfernung von meinem hochsensiblen Ohr Kschsch-kschschh, und dann überlege ich: Erschlage ich eine schwarze Katze mit einem grauen Filzpantoffel oder werde ich lieber wahnsinnig. Ich werde aber nur wach, stehe resigniert auf, wanke die lila Treppen zur lila Haustür runter, schließ die Tür auf und lass Blümchen raus.

Blümchen boykottiert nämlich die Katzenklappe und hat morgens immer etwas ungeheuer Dringendes zu erledigen, was Geheimes.

Kann natürlich sein, dass sie Nachbarn besucht und frühstücken geht, wir haben nämlich lauter tierliebe Nachbarn. Viele haben selber Katzen, und da gibt es sogar, paar Häuser weiter, Nachbarn, die haben zwar keine Katzen, aber ein Katzenzimmer. Das war einmal das Singvogelzimmer, da wohnte früher ein Singvogel drin; dann wohnten eines Tages, weil die Tür offengestanden hatte, der Singvogel und eine fremde Katze drin, und als dann nur noch die Katze im Zimmer wohnte, war es ein Katzenzimmer geworden, das ausschließlich für Gäste gedacht ist, Gastkatzen.

Das ist aber nicht das Verrückteste an der Katzenheimaterde. Paar Wochen her, da hat meine Frau zufällig eine kleine bildschöne lilac-graue Katze entdeckt. Die sah haargenau so aus wie unsere Smilla selig, nach ihr war drei Wochen lang auf Baumzetteln von ihren besorgten Besitzern gefahndet worden. Und sie war keine fünf Meter von der Stelle aus dem Gebüsch gehüpft, an der damals unsere Smilla totgefahren wurde.

(15.9.2007)

Wie der Name schon sagt

Ich hab's ja geahnt. Ich hätte es nicht schreiben sollen. Über Eva Herman hätte ich schreiben sollen oder über den Kardinal Meisner, über das dummdreiste oder kühl kalkulierte Drücken von Nazi-Alarmknöpfen oder über Wilfried Schmicklers kabarettistische Gleichsetzung der beiden. Der Unterschied besteht nämlich laut Schmickler nur darin, dass Frau Herman ihren Job los ist und Meisner seinen nicht. Römisch-katholisch ist nun mal nicht öffentlich-rechtlich, dabei sind sich der Kardinal und die TV-Tante in einem Punkt ganz ähnlich. Sie meint, Frauen gehören an, und er vermutlich, sie gehörten in den Herd. Sowas hätte ich schreiben sollen, oder dass nicht alles schlecht war an der Adenauer-Zeit – immerhin hat er die Köln-Bonner Autobahn gebaut.

Ich hätte auch den Minister Jung in Schutz nehmen können, der demnächst Passagierflugzeuge abschießen will und dafür überall Schelte kriegt, der arme. Dabei will er doch nur in die Zeitung, auch wenn grad mal kein Bundeswehrsoldat in Afghanistan gestorben ist. Und Flugzeuge abschießen will er ausdrücklich nur „im Notfall", nicht einfach so aus Spaß an der Freud oder routinemäßig zweimal pro Woche. Oder „Schäuble ist ein Anschlag der Demokratie auf sich selber". Sowas hätte ich äußern sollen am vergangenen Samstag, irgendwas Politisches, aber auf gar keinen Fall was Despektierliches über meine Zweitkatze.

Das ging schon am Frühstückstisch los. Da haben mich Gattin und Tochter am Samstagmorgen, beim Kolumbus-Lesen, mit schmalen Lippen gestraft: „Du hast Blümchen beleidigt. Wieso?!"

Beleidigt? Ich habe sie nicht beleidigt. Katzen kann man gar nicht beleidigen, weil Katzen gar nicht kapieren, wenn und dass man sie beleidigt. Wenn man das dennoch unterstellt, betreibt man – herhören! – Anthropomorphismus, was der Meisner bestimmt auch verboten hat, und heißt, man vermenschlicht die dösige Kreatur und schimpft auf harmlose Redakteure.

„Blümchen ist nicht langweilig!", erklärte kategorisch meine Tochter, „sie blinzelt." Ach ja, ich vergaß: Blümchen blinzelt. Donnerwetter, wie kann man sowas vergessen. Ein Wundertier! Sie zwinkert, „und sie legt sich in den Schoß".

Tolle Kunststücke. Wenn ich drüber nachdenke, bin ich mächtig beeindruckt. Unsere schwarze Katze zwinkert und haut sich, wenn sie müde ist, hin und ratzt. Vielleicht sollten wir sie für teuer Geld an den Zirkus Sarrasani vermieten.

Tja, und nachdem ich meine Familie halbwegs befriedet hatte, kamen die Leser aus der Kurve, zunächst der Herr Schumacher, dem es gottseidank wieder besser geht, und dann Frau Bunsemeier.

„Lieber Herr Bartel,

ich lese Ihre Kolumne ja sehr gern, aber am 16.9. musste ich mich doch ein bisschen ärgern. Wie können Sie behaupten, Ihre Katze Blümchen sei langweilig. Mal abgesehen von der Tatsache, dass Katzen nie langweilig sein können und sogar noch im Schlaf schön und anmutig sind, sind Sie an der Misere doch selbst schuld. Ihr Kater heißt Indiana Jones – im passenden Film dazu ist der Schauspieler Harrison Ford. Er ist nicht wirklich gutaussehend, aber sehr attraktiv, immer in Abenteuer verwickelt und etwas trottelig – an wen erinnert uns das? Etwa an Ihren Kater? Und dann haben Sie eine wunderschöne elegante schwarze Katze und welchen Namen hat das arme Tier? ‚Blümchen'. Was, bitteschön, soll aus so einer Katze werden?

Gruß Elke Bunsemeier"

So, da hab ich's. Alles wieder meine Schuld. Nomen est omen. „Sage mir deinen Namen, und ich sage dir, wie du heißt." Vielleicht gilt mein eigener Name als mildernder Umstand: „Junker Jörg" nannte sich zwar Martin Luther, als er sich in der Wartburg verschanzte. Aber es ist eben auch das Geräusch, das ein Frosch macht, wenn man ihn würgt. Na und? Kevin und Jackeline schwammen damals noch im Teich; Eva Herman hat ihren Sohn nach einem Wochentag benannt: Sam; Meisner hat keine Kinder und Blümchen heißt ab heute Martha Hari.

(22.9.2007)

Und wer sitzt vorm Piloten?

„Beim Fliegen", so lehrt es uns Douglas Adams' Roman „Per Anhalter durch die Galaxis", „handelt es sich um eine Kunst, beziehungsweise um einen Trick. Der Trick besteht darin, sich mit voller Wucht auf den Boden zu werfen – ABER DANEBEN!"

Etwas Klügeres ist hienieden niemals über etwas gesagt worden, das gar nicht sein kann, es sei denn, man wäre zufällig ein Vogel. Jaja, jetzt kommt sicher wieder einer um die Ecke, schneidig wie der Luftkanal persönlich, und erklärt, warum doch, dass nur alle Viermillionen Flüge mal ein Flugzeug abstürzt, dass kein Mensch so oft fliegt, und dass schon Wilbur Wright 1903 in Paris einer verwunderten Bewunderin bekundet haben soll: „Madame, die Luft ist völlig ungefährlich. Das einzig Gefährliche am Fliegen ist die Erde." Die Luft ist voller Angsthasen. Die Erde ist voller Helden. Und Klugscheißer.

Ich bin in diesem Falle keiner davon. Ich stehe vor einem Rätsel und beim Einchecken immer vorm falschen Schalter. Ich neige nicht zur Panik, aber wenn es kurz nach dem Start diesen kurzen Durchsacker gibt, rutscht mir jedes Mal mein Hirn in die Hose. Und wenn es zwischendurch rumpelt und pumpelt, als wollte uns jemand mit sieben Wackersteinen vom Himmel holen, dann kann mir der Autopilot persönlich die Hand halten. Meine bleibt feucht. Mich beruhigen nicht einmal hysterische Kleinkinder zwei Reihen weiter, die Ohrenschmerzen haben und hörbar noch mehr Angst als ich.

Mein Freund und Kollege D. dagegen ist die Ruhe selbst, wenn es wackelt, rappelt, krängt oder kippt. Er kennt einen Trick, wie er mir jüngst verraten hat, als er beim ersten 100-Meter-Plumps über den gewittrigen Alpen jäh verstummte, erblasste und den Kopf in den Nacken legte, um die Flugzeugdecke zu röntgen. Seine Hände hatte er um die Nackenstütze seines Vordermanns gekrampft bzw. in die Nackenstütze. Weil er lange Finger hat, müssen sie sich irgendwo auf halbem Weg in der Nackenstütze begegnet sein.

„Was machst du da, um Himmelswillen?"

Da schraubte er kurz seinen Blick von der Decke und sagte sehr ernsthaft: „Ich lenke!"

„Du tust WAS?"

„Ich lenke", wiederholte er leicht genervt. „So habe ich das Gefühl, das Flugzeug im Griff zu haben, das ist ein psychologischer Trick, funktioniert prima."

Nachdem ich seinem psychologischen Trick ein vulgär-psychologisches Gutachten ausgestellt hatte („Du bist völlig gaga, Mann!"), griff ich mir beherzt die Nackenstütze vor mir und bohrte auch Löcher hinein. „Wer sitzt eigentlich vor dem Piloten?", fragte ich kurz ins nächste Luftloch hinein, aber eigentlich wollte ich die Antwort gar nicht hören. So ein Böing 737-800-Economy Class-Sitz fliegt sich schließlich nicht von alleine.

Zwar hat Ex-US-Außenminister Mc Elroy recht: „Im Raumfahrtzeitalter wird der Mensch in der Lage sein, in zwei Stunden um die Welt zu fliegen – eine Stunde Flugzeit und eine Stunde Anfahrt zum Flughafen." – Aber auf den 1965 Kilometern von Mülheim-Heimaterde zur Olivengarage ist im Auto der Hinternabsturz quasi sicher, und die italienischen Eisenbahner streiken noch häufiger als unsere. Zudem hat Loriot echt recht: „Der Mensch ist das einzige Wesen, das im Fliegen eine warme Mahlzeit zu sich nehmen kann."

(6.10.2007)

Aber ich rauch' doch gar nicht mehr

Sagen wir mal so: Als ich noch rauchte, war ich topfit. Seitdem ich damit aufhörte, fall ich auseinander. Ja, das kann Zufall sein. „Rauchen aufhören!", hat der Arzt befohlen, als er das sah, „sofort." Als ich ihm die Ironie der Geschichte erklärt hatte, legte er nach: „Mehr Bewegung, ab sofort", aber nicht Fußball oder Volleyball oder andere Sportarten, bei denen man mit 30 schon in den Alten Herrenspielen kann und die für kahlgraue Herren um die 50 nicht gedacht sind. Mehr so Joggen, Schwimmen, Rad fahren, Walken – und dann zählte er außer Humpeln an Krücken oder Reha-Gymnastik noch drei, vier Arten der Bewegung auf, die ich spontan genannt hätte auf die Frage: „Wozu haben Sie zurzeit und in den nächsten hundert Jahren absolut keine Lust?"

Aber Mobilität ist nun mal unser Schicksal, da darf man nicht auf dem Hintern sitzen bleiben, weil, wird er breit von, der Hintern, und das Blutfett ranzig. Also komm in die Puschen, fauler Sack, und fang endlich an, nicht morgen wie gestern, sondern heute wie damals, als du in deiner schwarzen Bollerhose deinem Bauch weglaufen wolltest, der Running Gag der Heimaterde, brrrrrr! Raus mit dir, geh vor die Hunde, das ist gesund, wenn sie dich nicht beißen. Lass dich von deinem Schweiß treiben. Und dass dein Puls immer schön zwischen Polizei- und Notrufnummer bleibt – und zwar mindestens eine Dreiviertelstunde lang, alles drüber ist von Übel, alles drunter für die Katz.

Ich habe mein privates Reinkarnationsprogramm gestartet. Alles fing damit an, dass ich dem Personen-Aufzug im Essener Redaktionsgebäude der WAZ-Mediengruppe die Zunge rausstreckte, der mich schon seit 100 Jahren in den vierten, den NRZ-Stock, hievt und in dem ein Schild mich seit 100 Jahren erfreut: „Dicke – nein danke!" Weil ein Schelm das Wort „Luft" abgeknibbelt hat, darum. Stattdessen streckte ich ab Stockwerk zwei dem markanten Treppenhaus die Zunge raus, hechelnd, und mir streckte das Treppenhaus die Zunge raus: noch 'ne Treppe!

Dass ich schwer ins Husten dabei kam, hatte aber damit weniger zu tun: Das lag eher daran, dass ich in Stockwerk drei zu stinken begann wie ein in Panik vor Allen Carr geflohener Aschenbecher. Noch wird ja bei uns in Kneipen gequalmt, aber die Knarzerei in den Redaktionsräumen ist schon länger passé. Seitdem ist es wiederholt zu rührenden Begrüßungsszenen zwischen Kollegen gekommen, die sich im Nebel jahrelang aus den Augen verloren hatten. Mittlerweile treffen sich die nach und nach freiwillig zwangsexilierten Raucher im Treppenhaus, das qualmt wie ein Gesundheitsminister im Fegefeuer. Wobei ich anmerken muss, dass die Treppenhaus-Raucher immer ein bisschen schuldbewusst gucken und freundlich grüßen, wenn ich an ihnen vorbeikeuche. Sie sehen mich tiefe Lungenzüge machen und unglückliche Wolken ausstoßen und denken wahrscheinlich, ich sei einer von ihnen.

Wenigstens in dieser Hinsicht sind Zeitungsverlags-Treppenhäuser deutschen Reha-Kliniken ganz und gar unähnlich. Deutsche Reha-Kliniken sind die Orte, in denen die Luft draußen schlechter ist als drinnen, weil draußen vor der Tür all die gerade noch davongekommenen Herz-Kreislauf- oder Lungenkranken qualmen. Wobei man ja schon länger behauptet, in der Bundesrepublik Deutschland stürben mehr Raucher durch Erfrieren auf dem Balkon als an Lungenkrebs.

Na, vom nächsten Jahr an, wird auch für mich die Sonne wieder scheinen. Da kann man auch in unseren Gaststätten nur noch passiv Nichtrauchen. Und ich werde die lumpigen vier Stockwerke fröhlich pfeifend auf einem Bein hochhinkeln, gertenschlank, Puls 105 netto. Zwar dürfte ich auch dann noch stinken, als hätte ich Marlborough Country löschen wollen, aber wenigstens wird mich meine Frau abends nicht mehr naserümpfend fragen, ob ich gerade aus der Redaktion komme oder doch aus der Kneipe.

(13.10.2007)

Löcher noch und nöcher

Sie erinnern sich an unser schönes altes Sofa? Den tonnenschweren roten Trumm von Opa August, unter dem sich damals unsere Smilla verbarrikadierte, bevor sie ihn mit ihren Kindern aufribbelte? Dann erinnern Sie sich womöglich auch an den gilbgrauen Nachfolger des roten Sofas, dem irgendwann die Beine davonliefen, aber nach Monaten doch noch aus einem Möbelwagen stiegen, erst eins, dann zwei, dann drei, dann vier – dann stand der Anwalt vor der Tür, und bald waren es wieder fünf. Weil wir Gemütsmenschen sind, die nicht gut lange mit Groll leben können, haben wir das Möbelhaus nicht vermöbelt, im Gegenteil, wir haben schon wieder was bei diesem Möbelhaus gekauft, wir Dussel: ein neues Bett für den Sohn.

Der Junge ist dermaßen gewachsen, der guckte beim alten unten raus. Aber wir ahnten gleich, es würde nicht so einfach sein: Bett aussuchen, bestellen, anzahlen, abholen, zusammenschrauben, Heia machen – von wegen! Da waren zwar lauter Bretter und Beine und vorgebohrte Löcher und sogar genau so viele Löcher, wie da hätten sein müssen, aber sie waren leider nicht dort, wo sie hätten sein sollen. So zusammengebaut, würde das kein Bett werden, sondern eine Tribüne für den Essener Karneval. Von Stund an dachten meine Frau und ich ständig an Löcher: Vorgebohrte Löcher, verbohrte Löcher und womöglich nachzubohrende und an die Leute vom Möbelhaus. Lochen Sie nicht! Wir taten es auch nicht. Wir gehen nämlich in solchen Situationen üblicherweise zu wüstem Geschimpfe über, wobei jeder von uns der Hauptleidtragende ist und der, der am nächsten dransteht, der Schuldige am Schlamassel. Jeder schimpft lauthals auf das Schicksal – und die anderen sind beleidigt.

Wenn Sie zwei Monate lang auf ein blödes Bett warten mussten, um es, wenn es da ist, gleich wieder wegzuschicken oder selber notdürftig hinzupfuschen, dann finden Sie das auch nicht witzig. Selber bohren? Feine Idee. Aber mir persönlich liegen bohrende Fragen weitaus näher als fragende. Außerdem hätten wir die Möbelhausgarantie auf Lebenszeit verwirkt. Immerhin leben wir in einem Land, das das nachweihnachtliche Pflanzen eines Weihnachtsbaums auf einer öffentlichen Grünfläche nicht als Begrünungsaktion feiert, sondern als gemeinschädliche Sachbeschädigung ahndet: „Tja, wenn Sie falsche Löcher bohren …!"

Also beschlossen wir, uns nicht weiter anzugiften, sondern das Möbelhaus anzurufen. Ja, sagte das Möbelhaus, das mit dem Selberbohren sähen wir ganz richtig. Und am Montag sollten wir noch einmal anrufen. Da könnte glatt ein echter Schreiner anwesend sein, der vielleicht sogar irgendwann zu uns rauskommen könne, zum Bohren sachgerechter Löcher.

Wir waren froh über die neue Hoffnung und stolz auf uns. Soviel Raffinesse hätten wir uns gar nicht zugetraut.

Am Montagmorgen riefen wir an. Eine freundliche Frauenstimme riet uns – zu dezenter Irrenhausmusik –, unser Begehr aufs Band zu sprechen. Was wir artig taten, und sie ließ uns auch höflich ausreden. Als wir unseren Text fehlerfrei und sogar ganz ohne Schimpfwörter aufgesagt hatten, ließ eine neue freundliche Frauenstimme die Irrenhausmusik verstummen. Leider nehme die Mailbox „keine Nachrichten" entgegen. Punkt. Was auf Deutsch so viel bedeutet wie: Bitte sagen Sie uns alles – außer Text.

Das sollte auf keinen Fall Schule machen. Denn dann hören wir unterm Notruf 112 demnächst „Wir löschen alles – außer Bränden". Oder „Natürlich holen wir Sie ab, vorausgesetzt, Sie sind topfit". Oder was würden Sie sagen, wenn es demnächst von Wahlplakaten herabgrinsen würde: „Wir machen alles für Sie – außer Politik."

Obwohl …

(15.12.2007)

Die Leichtigkeit des Beins

Vor ein paar Tagen habe ich in den Spiegel geschaut und dann die Christbaumkugeln von meinen neuen Joggingschuhen abgemacht. Jetzt kann man damit laufen. Muss. Sie sind weiß mit hellblauen Streifen. So kann ich immer sehen, was meine Füße da unten tun, während ich oben jogge. Das ist bei Leuten, die schon mal gerne über ihre eigenen Füße stolpern und sich dabei Wadenbeine brechen, ganz ratsam.

Jetzt unken meine Kinder zwar, dass ich mittlerweile dreimal mehr übers Joggen schreibe als ich tatsächlich laufe. Stimmt, ist aber trotzdem Polemik. Ich bin zwar ein in der Mitte etwas angedickter Mann, aber einer, der sich gern Rechenschaft über das gibt, was er tut. Nur dösig rumlaufen ist mir zu doof. Ich brauche ein Ziel. Andererseits: Wenn ich nur ein bisschen zu viel drüber nachdenke, lass ich's ganz.

Normalerweise laufe ich von der lila Haustürschwelle los, 30 Meter bergab zur Josef-Haubrich-Straße. Laufen macht schlau: Während meine Familie aus dem Wohnzimmerfenster guckt, ob ich echt renne, bin ich gut zu sehen und sehe, weil's bergab geht, noch locker dabei aus. Wenn es bergauf geht, also mit mir bergab, bin ich vom Fenster aus unsichtbar. Dann geht zwar sofort das Geschnaufe los, das macht aber nix, da denken alle, das wär' der Bus.

Wie gut, dass Winter ist! Da kann ich meine bommellose Bommelmütze weit über die Ohren ziehen und bin quasi unsichtbar. Am Schnaufen erkennt mich auch keiner, dazu mache ich das Geräusch zu selten. Ich schnaufe also anonym bis zum Kreisverkehr hoch. Zuletzt habe ich das sogar geschafft ganz ohne Kurschritte zwischendurch! Es gibt Hoffnung! Die Quälerei schlägt an.

Kann aber auch damit zu tun haben, dass ich zum ersten Mal nicht die Luft angehalten habe, als mir ein untergehaktes Rentnerpaar entgegenkam. Eigentlich empfinde ich mein Keuchen als ungebührlich, aber wenn mir zwei Fußgänger hintereinander entgegenkommen, kriege ich das Sauerstoffdefizit nie wieder ausgeglichen. Ganz schlimm ist das, wenn andere Jogger unterwegs sind. Da hält unsereiner, schlapp, aber eitel, nicht nur den Atem an, da verlangt er sich auch noch ein Gesicht ab, auf dem sich die ganze Großartigkeit des Dummrumlaufens so widerspiegelt, als wäre hier gerade Endorphin-Vollversammlung: die Leichtigkeit des Beins.

Ich kann diese Heuchelei nicht mehr ertragen, auch wenn ich sagen muss, dass man bei den meisten Rumläufern kaum auf die Idee kommt, die Rennerei könnte spaßig oder gesund sein: Entweder sieht man ausgemergelte Entschlossenheit, viel zu früh verfaltet oder schweißglänzende Vergeblichkeit mit Pustebacken. „Wer läuft, lebt zwar nicht länger“, sagte mir neulich ein Internist, „aber er stirbt gesünder.“

Am allerallerschlimmsten ist es, wenn ich, am Ende meiner Kräfte, atemlos lächelnd meinem finalen Kollaps entgegentorkele und dann ein leinenloser Dertutnix meine Achillessehnen beschleunigt. Das ist der Grund, warum ich die schöne Laufstrecke über die Felder am Wasserturm meide.

Im Essener Stadtwald kann ich mich auch nicht blicken lassen; dort ziehen eine Menge junger, schlanker Damen ihre Bahnen und auch diese schwer dynamischen Opas, die mich noch älter aussehen lassen als sie selber sind. Darum ließ ich gestern meinen Instinkten freien Lauf, als ich an das Laufen dachte: „Mama!“

Zog die Laufmerkschuhe an, meine neue Bollerhose und die graue Tarnkappe und bog an der Haustür links ab am Krug zur Heimaterde und „Montag Schnitzeltag“ vorbei, vorbei am Naturstadion des TSV Richtung Rhein-Ruhr-Zentrum, trottete unter der A 40 her und nahm Kurs, sacht bergab, auf das Buchenwäldchen zu. Tauchte durch drei Tunnels und lief parallel zum Terrassenfriedhof Richtung Herbrüggenbusch, wo mich meine Mutter mit Rouladen, Rotkohl, Sportlerbier und einem dicken Lob für meine Eisenhärte empfing. Dann fuhr sie mich nach Hause. Es gab Pflaumenkuchen mit viel Sahne.

(12.1.2008)

Doof, doof, doof!

Wo, bitte, soll ich herlaufen? Wie heißt die Straße? Josef-Haubrich??? In der Heimaterde? Das war ein klassischer freudscher Verschreiber, allerdings habe ich keine Ahnung, wieso ich den guten Max Halbach und Josef Haubrich verwechseln konnte. Also den nicht hoch genug zu rühmenden Krupp-Prokuristen, auf den die Gründung der Heimaterde zurückgeht, mit dem rheinischen Juristen, Kunstliebhaber und Mäzen, dem die Kölner die abgerissene Josef-Haubrich-Kunsthalle verdanken. Keine Ahnung wie ich die beiden verwechseln konnte, wie gesagt, aber einen Verdacht habe ich immerhin, sogar zwei:

Erstens: Sabotage.

Zweitens: Laufen macht blöd. Mich. Und glücklich auch nur, wenn ich's endlich hinter mir habe.

Durchaus ernst zu nehmende menschliche Mitläufer, pardon, laufende Mitmenschen, die mir nie einen Anlass gaben, sie für Lügner zu halten, berichten mir immer wieder von magischen Denk-Erlebnissen, von trockenen Musenküssen auf die schweißnasse Joggerstirn, von Super-Einfällen en passant, die bei der Rumrennerei angeflogen kommen wie ein grippaler Infekt, nur besser. Es sollen schon Leitartikel, Parteitagsreden und ganze Doktorarbeiten beim Gejogge entstanden sein.

Ich nehme das zur Kenntnis.

Wollen Sie wirklich wissen, was ich denke, wenn ich renne?

Ich denke „doof, doof, doof, doof, Bartel – du – bist – doof, doof, doof!" Oder „schlapp, schlapp, schlapp!" Oder „alt, alt, alt, viel-zu-alt – für-die-sen Scheiß!" Das kann in regelrechte Selbstbeschimpfungen ausarten, ich schütte nämlich

Hasshormone aus statt Endorphine. Um mich nicht selbst zu ohrfeigen, verlege ich mich auch schon mal aufs schiere Zählen: „Eins, zwei, drei, vier, Luft, zwei, drei, vier, Luft, zwei, drei, Luft, zwei, drei, Luft, Luft, Luft, Luft …!" Das ist nervtötend und geht in ein scheußliches Gejapse über, das zum Hecheln wird. Danach kommt völlig gedankenbereinigtes Röcheln. Mehr geht schon deshalb nicht, weil ja das ganze schöne Blut vom Hirn in meine Füße fällt. Der einzige Einfall, den ich dabei habe, kommt dafür immer wieder: aufhören! Sofort aufhören mit der blöden Hetzerei!

Dann gehe ich meistens ein paar Meter im Kurschritt, und dann fallen mir plötzlich doch wieder ein paar Gedanken in den Kopf. Ich brauche ganz offensichtlich Luft zum Denken.

Ich überlege zum Beispiel, ob Joggen was mit Verfolgungswahn zu tun haben könnte. Und vor wem oder was ich eigentlich gerade davonlaufe. Und dass eine Paranoia zu haben ja keineswegs beweist, dass man nicht verfolgt wird. Und warum uns in Mülheim die Müllkosten davonsprinten, als schriebe man die Stadt mit Doppel-L. Ob das an den Neapolitanern liegt? Die protestieren seit Jahren daheim gegen Deponien, und jetzt könnte nicht mal der verblichene Sir Edmund Hillary Neapels Müllgipfel erklimmen. Der Müll wird großteils von der Mafia entsorgt oder von Herrn Mehdorn persönlich durch halb Europa gelokt. Und bei dem Gedanken kann kein vernünftiger Mensch sitzen bleiben: Dass süditalienischer Mafia-Müll in deutschen Müllverbrennungsanlagen verbrannt wird, die das Zeug dringend brauchen. Weil sie nämlich absurd überdimensioniert sind, nachdem auch in Deutschland bestochen und verschoben wurde, so dass deutsche Müllionäre wegen organisierten Verrechnens haufenweise hinter Gitter wanderten. Bei diesem zum Himmel stinkenden Irrsinn möchte man sich an den Hintern fassen, weil der Kopf zu schade dafür ist. Aber beim Joggen denke ich ja sowieso mit den Füßen.

Dabei ist mir nebenbei aufgefallen, dass nach der monatelangen Kampfhund-Hysterie heute praktisch kein Hund über Hüfthöhe noch einen Maulkorb trägt. Zeitweise galt ja jeder Mops als Waffe, heute grinsen mich Riesenschäferdoggen ohne Korb so breit an, als wollten sie mich probeschreddern.

Oder haben wir uns damals schlicht verfürchtet? Tun die gar nix? Oder waren die alle im Erziehungscamp?

(19.1.2008)

Steuerliches Bauchgefühl

Kennen Sie den Satz mit den drei Ochs? Ich höre ihn quasi täglich. Der Satz heißt „Och, geht doch noch!" Und dann patscht man mir mit Blicken auf meinen Bauch. Unangenehm, wenn man so von Augen begrapscht wird. Endlich weiß ich, wie Menschen sich manchmal fühlen, die so ganz anders sind als ich: junge hübsche Frauen zum Beispiel. Es gibt Blicke, nach denen möchte man duschen, aber das soll heute gar nicht das Thema sein. Mein Thema ist heute nicht mein Bauch, sondern mein Bauchgefühl, und zwar beim Thema Steuerhinterziehung. Bei Top-Managern.

Für Steuerhinterziehung bei Top-Managern hat nur noch einer weniger Verständnis als ich: Josef Ackermann. Der hat in jenem anerkannten Tages-Fachblatt für Ethik mit den vier großen Buchstaben (ein paar Zentimeter über der glutäugigen Kindergärtnerin Marilen, der so apart ihr Top verrutscht ist) schneidig gefordert: „Top-Manager müssen Vorbild sein!" Ich bin im ersten Moment schwer ins Grübeln gekommen, was der wohl meint: Vorbild im Abkassieren, Vorbild in Egoismus und Kaltschnäuzigkeit, Vorbild darin, Werte wie Solidarität und Fairness für albern sowie den Rest der Gesellschaft für nützliche Idioten zu halten? „Herr Ackermann, dafür sind die doch längst Vorbild", wollte ich ihm zurufen, „und Sie vorneweg, Sie alter Schlickefänger!"

Aber so war das gar nicht gemeint. Er meinte, dass Manager ihrer „Führungsverantwortung" gerecht werden müssen, weil nämlich sonst der Linksrutsch kommt. Hilfe! Dann heißt es wieder „Weg mit die Dicken. Dat Volk gehört die

Kohle!" und der Gregor Gysi streicht alle schwarzen Kassen rot an, nimmt Ihnen alle Ihre Villen im Tessin weg und mir meine Olivengarage in Apulien und lässt keine einzige Handyfirma mehr ins Land. Also müssen unsere Wirtschaftskapitäne – ahoi erstmal – den vaduzten Leuten schön langsam und anschaulich erklären, „warum Kapital und Wettbewerb, Marktwirtschaft und Globalisierung gut sind" – und zwar nicht nur für Banken, Manager und Unternehmensberater, sondern „für die Menschen in Deutschland".

Ja, da werden wir wohl künftig besser aufpassen müssen beim Wirtschaftsethik-Unterricht, vor allem die mit ohne Arbeitsplatz und die Helden von Hartz IV. Immerhin geht es dem wundersam zum Penunsen-Paulus gewandelten schelmischen Schweizer ja eigentlich gar nicht um Geld, sondern um Gerechtigkeit. Und die größte Gerechtigkeit besteht nun mal – worin? In der Chancengerechtigkeit, welchselbige durch Erwerbs-Arbeit garantiert wird. Also müssen wir die Arbeitslosigkeit abbauen, folgere ich jetzt mal als Bauchgefühls-Ökonom.

Und wer schafft Arbeitsplätze? Die Top-Manager! Das ist quasi ihr Hobby. Und am allermeisten Arbeitsplätze könnten sie natürlich schaffen – und sei es aus purer Lust am Arbeitsplatz anderer Leute –, wenn ihre Firmen überhaupt gar keine Steuern zahlen würden.

Was drei Vorteile hätte. Erstens: Man könnte Steuerberater zu Pflugscharen umschmelzen und die Finanzämter an Touristen vermieten, was vor allem im Kulturhauptstadtjahr 2010 nötig werden könnte; zweitens wäre im Sommer Nokia noch in Bochum, und drittens hätte sich das Problem Steuerhinterziehung quasi von selbst erledigt. „Steuerhinterziehung muss tabu sein. Für alle!", sagt der Herr Ackermann in der Bildzeitung, und da hat er recht: Wenn keine Steuern mehr erhoben würden, dann könnte man auch keine Steuern mehr hinterziehen und müsste gar nicht mehr stiften gehen mit dem Geld. Und wer partout vorbildlich sein möchte, der müsste, um Steuern zahlen zu können, der Steuer hinterherziehen. Aber – so doof wäre nicht mal ich.

Dem Ackermann allerdings trau ich das zu. Der hat schließlich mal im Fernsehen erklärt, warum er so viel Geld verdienen müsse: damit er der Allgemeinheit mehr spenden könne, hat er gesagt. Aber rot ist nicht er dabei geworden, sondern ich, weil mir die Luft wegblieb.

(23.2.2008)

Der vegetarische Kater

Der erste Witz über Vegetarier auf der www.seite Vegetarier-Witze ist der: „Bei Vegetariern heißt der Beischlaf Bestäubung." Der ist ähnlich brüllkomisch wie der zweite auf der Seite mit dem Vegetarier, der immerzu neue Küken kauft, weil er Hühner züchten will, aber keine Hühnerherde zusammenkriegt, weil er die Küken immer zu tief einpflanzt.

Haaaaaaaaa …!

Den Rest erspare ich Ihnen, nicht aber das Geständnis, dass ich dabei bin zu vegetarisieren. Die Vegetarisierung ist sozusagen eine kulinarische Versalatung, die bei meiner Tochter bereits stattgefunden hat und bei mir allmählich aufkeimt.

Das liegt nicht an tieferer Einsicht oder schierem Mitleid mit den leckeren Ferkelchen und Kälbchen und Kükchen, das liegt an Indiana Jones. Mein Kater ist kein Vegetarier, auch wenn er, wenn er beleidigt ist, immer demonstrativ auf dem Papyrus auf der Badezimmerfensterbank herumkaut. Besser gesagt: lutscht, denn er hat ja die kleinen Zähnchen im Unterkiefer nicht mehr. Die hat ihm damals das Auto herausgefahren, dem Armen. Jones isst am liebsten alles: Hühnchen mit Lämmchen in Gemüsesoße so gern wie Häschen in Möhrengelee, Hauptsache viel. Am allerliebsten aber isst er, was ich, wenn ich irgendein Gulasch zurechtsäble, über die Küchenplatte rutschen lasse. Das tu ich nicht aus Schusseligkeit, sondern aus Notwehr. Unser Jones, der ja ohnehin die sonderbarsten Geräusche machen kann und ein echter Laberkater ist, hat ein dermaßen nervenaufreibendes Greinen entwickelt, dass ich's nach zwei Minuten nicht mehr aushalte und ihm das Maul stopfe. Mit Huhn, Rind, Lamm oder Schwein in kleinen Schnipseln. Dann grunzt er kurz, und dann hört man zuerst ein Schmatzen, dann wieder sein Schwatzen.

Ich weiß, dass andere Leute in der Küche Schürze oder Brille tragen; ich bin, denke ich, der einzige, der mit Ohrstöpseln kocht. Aber selbst das nutzt nicht viel. Wenn ich auf taub und stur schalte, macht mein Kater zunächst ein Dritteweltgesicht und sich dann lang. So ausgestreckt reicht er gerade mit seinen Vorderpfoten auf die graue Granitplatte und mit ausgefahrenen Krallen piekst er sich sogar ein ausgewachsenes Hähnchen-Schnitzel vom Olivenholzküchenbrett. Dann drohe ich ihm immer eine einstweilige Erschießung an oder mit dem Pittermesser oder mit dem Tierheim. Wenn ich das in meinem Zorn zu laut mache, sagt er sowas Ähnliches wie „quack!" und dreht stinkbeleidigt ab.

Danach sieht man ihn stundenlang nicht mehr. Ich vermute, dann geht er in der Nachbarschaft betteln, um uns gesellschaftlich unmöglich zu machen. Ich fürchte fast, dass er hinter unserem Rücken tratscht. Könnte natürlich auch sein, dass er auf die Jagd geht, wobei ich das nicht recht glauben kann. Jones ist beim Jagen vollkommen damit ausgelastet, stundenlang ohne eine Regung auf der Lauer zu liegen, bis sich die Beute zeigt. Dann braucht er nur noch jemanden, der sie fängt. Das macht notfalls Blümchen. Die steht im Gegensatz zu ihm auf Trockenfutter und kann auf Frischfleisch gut verzichten, ein Mädchen eben, aber sie hat noch alle Zähne und weiß auch noch, wozu Krallen gut sind.

Blümchen hat zwar schon als Katzenbaby geblinzelt, aber ich bin überzeugt davon, dass sie Äugsken kneift, wenn Jones stolz mit einer Amsel oder Feldmaus durch die Katzenklappe hüpft. Fressen tun die beiden dann aber gemeinsam, wobei Johnny so sehr schlingt, dass ihm das Wildbret nach einer halben Stunde wieder hochkommt. Bäh.

Dagegen kann man nichts machen, es sei denn, Blümchen würde ihren Jagdschein zurückgeben. Gegen den Katerjammer und das Hungergeheul in der Küche kann ich notfalls meine Kochgewohnheiten umstellen und nur noch Blättchen, Kräutchen, Köhlchen brutzeln, denn bei Gemüseeintopf lässt sich Jones nie sehen. Noch besser wäre es natürlich, er würde selber zum Vegetarier. Das wäre allerdings ein echter Witz.

(12.7.2008)

Mallorca und andere Geheimtipps

Sie wissen natürlich, dass es auf Mallorca Einheimische gibt, also praktisch Ausländer. Aber dass es da zwei Klassen Mallorquiner gibt, die eine traditionell reich, die andere traditionell arm, und dass sich das jetzt alles verkehrt und warum, das wussten Sie eben nicht.

Ich aber: festhalten! Einst waren alle Mallorquiner gleich, vor allem die Männer. Wenn es galt, ein Erbe anzutreten, erbten alle Brüder zu gleichen Teilen. Das führte dazu, dass aus einst großen Besitztümern klitzekleine wurden, die zu bewirtschaften sich nicht mehr lohnte. Da verfiel man darauf, den Erstgeborenen das größte Erbteil zu vermachen. Das war in der Regel eine Finca mit Ackerland und Schafen im Innern der Insel. Die Nachgeborenen wurden mit einem verkarsteten Hang am Meer abgespeist, doof-drögem Ödland mit Kiefern drauf.

Deren Nachfahren sind die heutigen einheimischen Millionäre, weil sie nämlich ihre öden Grundstücke mit Meerblick und Strand für teures Geld verhökert haben oder Hotels draufgesetzt und Vermögen damit gemacht haben. Derweil die Erstgeborenen-Enkel noch immer weit weg von Badesteg und Ballermann auf einem Haufen Schafskacke sitzen und sich schwarzärgern.

Müssen sie aber nicht, denn der Spieß dreht sich bald wieder um. Wieso?

Kennen Sie irgendjemanden, der jemals nach Palma oder zur Playa de Palma führe? Gefahren wäre? Nein, alle, alle fahren seit Jahrenden ausschließlich an Orte, die kein Mensch kennt, die praktisch noch gar nicht entdeckt sind, echte Geheimtipps also, wo's einsam ist, urig und still. Wo gar nichts los ist, kein Rummel und weit und breit kein Tourist, nur diese herrliche Landschaft voller Oliven, duftender Wildkräuter und süßer Feigen. Und wo ist es einsam, urig und still? Richtig, im Landesinneren, bei den Schafen, Ein- und Erstgeborenen, die so lange in die Röhre guckten. Es ist absehbar, dass die demnächst alle im Ferrari durch die Pampa fahren, während die Küstenbewohner ihre Original-Rolexuhren für 10 Euro am Strand verkaufen und auf die Polkappenschmelze hoffen, damit ihr Elend ein Ende habe.

Komisch eigentlich: Dass alle dahin fahren, wo keiner ist, also da, wo alle sind, niemand ist, während da, wo keiner hinfährt, der Bär steppt. Das gleiche Phänomen wird übrigens auch auf den Kanarischen Inseln beobachtet. Alle hin und – weg. Die werden quasi ausschließlich von Eremiten gebucht.

Ich erzähle übrigens dasselbe von Apulien.

Stimmt ja auch. Die leeren Strände, die gibt es hier. Aber die Fotos habe ich im Februar gemacht. Wissen Sie, was ich da jetzt gerade mache?

Nichts. Gar nichts. Ich werde nach der Ankunft ins Haus getreten sein und nachgeschaut haben, ob die zitronengelbe Vespa noch in der Küche steht. Wasserhahn auf: Wenn es fließt, weiß ich, dass a) Pippi die Zisterne aufgefüllt hat und b) diesmal die Brunnenpumpe nicht geklaut wurde.

Da werde ich schon an den Kühlschrank gegangen sein und ein wunderbar kühles blondes Nastro Azzurro herausgeangelt haben.

Dann wird ausgepackt, und ich verfalle für drei Wochen in eine Art Glücksstarre.

Es wird viel zu heiß sein, um sich zu bewegen, dennoch werde ich es aufs Dach des alten Stein-Iglus schaffen, den man hier Trullo nennt oder Pajara. Früher wurden hier auf dem runden Flachdach Tomaten und Feigen an der Sonne getrocknet, heute nur Rosa, Jan, meine Frau und ich.

Ja, mein Schatz, die Sonnencreme!

Und den Panamahut vom Markt in Gallipoli natürlich. Bei mir scheint die Sonne ja mittlerweile durch bis zum Unterkiefer. Gut behütet schlendere ich in der Gegend rum, begrüße jeden Olivenbaum persönlich, werfe einen verliebten Blick auf die selbst gepflanzten Oleander und einen bösen auf die angefressene Palma Canariensis: Feinkost für einen Käfer namens Rhynchophorus ferrugineus, ein echtes Mistvieh. Gibt es übrigens auch auf Mallorca, im Inland UND am Meer.

(19.7.2008)

Warum ich nach England ziehe

Ich sag ja immer: Es ist nichts so merkwürdig wie die Leute. Meine Kinder zum Beispiel gehen immer nur aus dem Haus, wenn sie das Licht im Badezimmer angemacht haben. Meine Frau hat einen Tag, bevor wir unsere Olivengarage in Apulien verließen, einen Mordshausputz gemacht, mit Fensterklar und Türenwaschung und allem Zipp und Zapp. Es steht aber fest, dass wir vor dem Herbst keinen Fuß mehr ins Haus setzen werden. Außerdem sind immer die Fenster offen, damit nichts müffeln kann. So wird garantiert ein Doppelzentner goldgelber Saharastaub reingepustet, wenn der Wind auf Südwest dreht. Wie das Lied schon sagt: Unter dem Strand, da liegt das Pflaster.

Ich kapier das nicht.

Ich kapiere allerdings eine Menge nicht, was vielleicht daran liegt, dass ich ab und zu drüber nachdenke. Mir ist zum Beispiel aufgefallen, dass die olympischen Gewichtheberinnen heutzutage aussehen wie Frauen. Früher standen sie da mit ihren Brummbass-Bärten wie kleine Litfaßsäulen auf mächtigen Pylonen und wuchteten mit eiserner Miene Tonnen in die Höhe. Was ist da passiert? Heute möchte man ihnen ein hübsches Kostüm anziehen und sie heiraten. Dass sie Gewichtheberinnen sind, erkennt man jetzt nur noch an der Hantel.

Anderes Beispiel? Ich weiß, dass manche Leute nur ins Kino gehen, um es mal so richtig krachen zu lassen. Beim Popcornessen. Man kann ja jetzt überall in den Kino-Foyers ganze Koffer voll Popcorn kaufen und tut das auch. Dabei gibt es dafür gar keine Reklame. Reklame gibt es hingegen für Speiseeis. Früher hatte das auch noch Sinn, denn da kamen meist gleich nach der Eiskrem-Reklame runde Damen mit freundlichem Gesicht und verkauften Eispackungen aus den Kühltaschen vor ihren Bäuchen. „Möchte noch jemand Eis …?" Das mochten wohl zu wenige; oder die Eisfirmen lehnen es mittlerweile aus religiösen Gründen ab, Eis, für das geworben wird, im Kino zu verkaufen. Nach der Eisreklame kommt heutzutage nämlich nicht mehr das Eis, sondern der Film.

Bei dem man wiederum die Dialoge nicht versteht, weil es vor, hinter und neben einem dermaßen kracht. Eigentlich könnten sich die Filmfirmen die Synchronisiererei schenken. Ob man – vor lauter Lärm – kein Deutsch oder kein Englisch oder kein Chinesisch versteht, ist schließlich wurscht. Nun will ich aber wissen, was Brad Pitt zu sagen hat, wenn er auf der Leinwand den Mund auftut. Bei Angelina Jolie könnte ich notfalls auf Text verzichten, aber selbst dann hätte ich sie lieber pantomimisch statt mundtot gemacht vom Donner der Popcorn-Artillerie. Ich möchte mal wieder in Ruhe einen Film sehen. So werde ich wohl nach England auswandern müssen. Wegen der Hooligans.

Wegen der deutschen Kino-Hooligans. Die sind wie andere Hooligans auch: Zu Hause ganz friedlich, aber draußen schlagen sie Krach. Doch nun kommt von der Insel die Nachricht, dass englische Kinos Popcorn aus ihren Sälen verbannen wollen. Nicht wegen der Hooligans, aber Popcorn sei mit seinem „überwältigenden Geruch" störend und sorge nach jedem Film für eine ziemliche Schweinerei.

Stimmt genau. Ich riech das zwar ganz gern, aber ich fussel mir noch Wochen nach dem Kinobesuch weiße süße Knübbelchen von der Hose. Dass Popcorn süchtig macht, ist klar. Aber vielleicht sollte mal jemand testen, ob Popcornmampfenhören eventuell gesundheitsschädlich sein könnte. Das hat man ja irgendwann auch übers Passivrauchen rausgekriegt. Wobei ich nicht glaube, dass das beim Knallmais was nutzen würde. Da ist höchstens Acrylamid drin wie in Pommes oder Feinstaub. Und bei Acrylamid und Feinstaub zuckt der Deutsche die Achseln, da hat er keine Angst vor. Nicht vor Pommes und Autos. Er hat Angst vor Ebola, BSE und Hühnergrippe, vor Cholesterin, Kommunismus und pupsenden Kühen, aber vor Popcorn nicht. Warum? Keine Ahnung. Aber ich zieh dann wohl nach England.

(16.8.2008)

Krank irgendwie

Sie werden es gar nicht bemerkt haben, aber ich war eine Woche lang weg. Nein, nicht schon wieder in Apulien, leider. Ich war im Bett. Oft. Die meiste Zeit war ich im Badezimmer. Ich habe in dieser Woche meinen Aggregatzustand gewechselt. Natürlich erspare ich Ihnen Details, aber sagen wir mal so: Wenn es sowas wirklich gäbe wie das, was die Psychologen „Postfäkale Euphorie" nennen, dann wäre ich in dieser Woche aus dem Jubeln gar nicht mehr herausgekommen.

Ich habe nicht gejubelt. Ich habe gehadert. (Frauen jammern, Männer hadern.) Ich habe in dieser Woche, weil auch noch ansteckend, das blinde Schicksal gescholten, das ausgerechnet immer mich klar und deutlich sieht; und ich habe die Welt ausgesperrt.

Ich habe nicht nur keinen Besuch empfangen; ich habe auch die Zeitung NICHT gelesen (was für einen wie mich ungefähr so lustvoll ist wie Rauchen-Abgewöhnen oder Joggen). Weil es bei uns – noch – wenigstens auf dem Klo keinen Fernseher gibt, habe ich auch nichts geglotzt. Ich habe finster in eine Schlafzimmerecke gestiert, in der keiner stand; ich habe den amerikanischen Wahlkampf ignoriert, ich habe Flutkatastrophen an den Ufern Haitis genauso konsequent ausgeblendet wie das Elend in Fernost und das ruhmreiche 6:0 der Deutschen gegen Liechtenstein. So sind mir mehrere Frauenleichenteile in einem deutschen Tann entgangen, aber auch der kurzzeitige Rückfall der SPD in sozialdemokratische Zeiten. Dann kam Frank-Walter Steinmeier, und dann ging es nicht mehr.

„HERMITDERZEITUNG!", rief ich die lila Treppe runter. Und dann fraß ich mich durch einen Haufen, den die Kollegen ohne mich gemacht hatten –

übrigens ganz prima, aber das schreibe ich wohl besser nicht, denn die Zeiten scheinen während meiner Weh-Woche noch härter geworden zu sein. Außer für die deutschen Millionäre natürlich. Die deutschen Millionäre müssen ihr Herz in die Hand genommen haben, und mit dem Herz in der Hand und der Leidenschaft im Bein haben sie neue Millionäre gemacht: „Zahl der Millionäre um 21 Prozent gestiegen" hieß die Zeile auf Seite 1 unten, glaub ich. Soll einer sagen, in Deutschland gäbe es keine tollen Wachstumsraten. Vielleicht sollte Deutschland überhaupt ganz auf die Produktion von Millionären setzen! Das wäre ein echter Exportschlager und auch superklasse für den Binnenkonsum.

Aber nachdenklich stimmt das schon: Kaum bin ich eine Woche aus dem Verkehr und Verzehr gezogen, gibt es 21 Prozent neue Millionäre.

Diese Millionäre sind offensichtlich andere Kaliber als ich und Sie. Die trauen sich was, die tun was. Die jammern nicht rum. Die warten nicht auf den Staat, sondern auf Feinkost Käfer. Die sitzen vor allem nicht eine Woche lang im Badezimmer rum und gucken sich weiße Fliesen an. Die spucken in die Hände statt in die Keramik, die suchen Synergieeffekte und neue Absatzmärkte und hören Thomas Godoj.

Stopp!

Den kenn ich auch, den Thomas Godoj. Das ist dieser Hungerhaken aus Recklinghausen, der bei Deutschland sucht den Supergau den goldenen Dieter gewonnen hat. Als ich aus Darmstadt-Heimaterde wieder zurückkehrte, lief der neue Hit von Thomas Godoj im Radio und im Fernsehen rauf und runter.

„Es werden wieder Helden gesucht." Schöne Melodie, dachte ich, dann hörte ich zu und suchte furchtsam die Gegend nach schunkelnden Skinheads ab. „Es werden wieder Helden gesucht, / die unter Feuer was vertragen. / Die erst gar nicht danach fragen / fragen wofür, fragen weswegen, fragen für wen?"

HALLOOO?! (Heute sagt man das so, wenn man andeuten will, der andere könnte nicht ganz bei Trost sein.) HALLOOO?! Eine Woche krank, und die Welt dreht durch? Die SPD wird rot und schämt sich, die Millionaritis ist ausgebrochen, und Ernst Jünger schreibt Schlagertexte für die Bundeswehr. War sonst noch was?

(13.9.2008)

In der Ferne wartet das Heimweh

Kann ja sein, dass Heimat ist, wo noch niemand war – ich jedenfalls hab' schon wieder Fernweh. Wobei ich nicht ganz genau zu sagen wüsste, ob es sich nicht doch eher um Heimweh handelt. Oder doch Fernweh in der Heimaterde? Doch, das geht. In meiner Olivengarage am Stiefelabsatzende fühle ich mich längst auch zu Hause und genieße das Nachhausekommen, 2000 Kilometer weit weg. In Apulien heißt das schöne Wort dafür „nostalgia", und ich komme da ganz durcheinander. Wolf Biermann hat das gut gemischte Gefühl mal in einem Lied so ausgedrückt: „Ich möchte am liebsten weg sein und bleibe am liebsten hier." Guter Mann, der Biermann.

Wussten Sie, dass das Heimweh im Ausland erfunden wurde? Wurde, es, oh ja, und zwar in Basel im Jahre 1688 von Johannes Hofer, einem Arzt. Seitdem der Hofer das Heimweh erfunden hat, ist es auch eine Krankheit. Die meisten Krankheiten sind ja von Ärzten erfunden. Diese nennt man „Schweizer Krankheit".

Dabei handelt es sich laut Lexikon „um eine durch unbefriedigte Sehnsucht nach der Heimat begründete Melancholie oder Monomanie, welche eine bedeutende Zerrüttung der körperlichen Gesundheit, Entkräftung, Abzehrung, Fieber und gar den Tod zur Folge hat".

Achduliebezeit. Was für eine gefährliche Krankheit!

Und weil sie so gefährlich ist, war es in Frankreich bis über die Mitte des 18. Jahrhunderts hinaus – und zwar bei Todesstrafe! – verboten, den sogenannten „Kuhreihen", eine bekannte Hirtenmusik („Chue-Reyen") zu singen oder zu pfeifen, weil die schweizerischen Soldaten durch das Hören desselben haufenweise in

Heimweh verfielen, desertierten oder gar starben. Das wussten Sie bestimmt nicht. Ich wusste es auch nicht. Ich kenne diesen Kuhreihen gar nicht, und bei mir ist es auch nicht ganz so schlimm mit dem Heimweh.

Mir geht es wie den meisten andern Leuten auch: Ich fahre immer frohen Herzens weg und frohen Herzens wieder heim, wo das Fernweh wartet. Ich freu mich dann wie Bolle auf gescheites Brot, auf meine Zeitung auf dem Frühstückstisch, auf mies gelaunte Leute am Bahnsteig und auf Gäste, die um acht Uhr klingeln, wenn sie für acht Uhr eingeladen wurden. Man kann ja nun die deutsche Pünktlichkeit als Sekundärtugend denunzieren oder sie als Höflichkeit der Könige glorifizieren – ich warte ganz einfach ungern und lasse ungern warten. Wenn das Warten etwas schneller ginge, hätte ich wahrscheinlich nichts dagegen, aber so …

An meinem Wesen ist übrigens schon halb Apulien genesen. Dario, der nicht nur Arzt, Schlagzeuger, Fischer, Koch und mein guter alter Freund, sondern auch Patenonkel meines Sohnes ist (jawohl, wir haben einen echten italienischen Paten in der Familie!), nennt man da unten mittlerweile „il Tedesco", den Deutschen. Weil er so spektakulär pünktlich ist. Und andere versuchen es ihm nachzutun, auch „tedesco" zu sein, „un po". Sie sollten die Freude in Nicolas und Marinas Augen funkeln sehen, wenn sie es geschafft haben, nur eine halbe Stunde zu spät zu kommen statt eine ganze!

Uhrzeiten sind seit Urzeiten für Süditaliener ähnlich wie im Herannahen hupende Autos für meinen Kater Jones oder Gesetze für Silvio Berlusconi: Vorschläge, aber mehr auch nicht. Auf keinen Fall ein Angebot, das man nicht ablehnen könnte. Es ist mir immer noch ganz unerklärlich, wie ausgerechnet solche Zeitschlamper wie die Italiener so einen Kult um den einzig gottgewollten Garzeitpunkt ihrer Spaghetti machen konnten. Zwischen Nudeln auf den Punkt gekocht und dem gesellschaftlichen Todesurteil „scotto" – verkocht liegen nämlich nur Hundertstelsekunden, wie beim 1000-Meter-Zweierkajak. Wobei das Verblüffende ist: Man schmeckt das. Wenn man fest genug dran glaubt. Und so versuche ich mich immer mal wieder, nach Apulien zu kochen. Durst ist schlimmer als Heimweh. Aber gute Pasta ist besser als nostalgia.

(30.9.2008)

Wer schützt den Schutzumschlag?

So, kurz bevor der Buchhandel zur Frankfurter Messe wieder über 90.000 Neuerscheinungen auf uns loslässt, möchte ich mal was zum Thema Buch und Kolumbus sagen.

Ich liebe Bücher. Anders als mein Lieblingsonkel, der vor allem den Duft der Bücher liebte und immer erst mit seiner langen Nase lange falztief in sie hineinroch und dann verzückt seufzte wie Johannes Lafer beim Schnitzel von Schuhbeck, liebe ich vor allem die Schutzumschläge. Mir gefällt in den meisten Fällen die Farbe und grafische Fantasie, die sich auf ihnen niederschlägt, und ich bilde mir durchaus ein, bereits am Schutzumschlag erkennen zu können, ob mir das Buch gefallen wird oder nicht.

Auch behagt mir die Vorstellung, dass ich, ansonsten ein Schlönz, das Buch selbst unversehrt lasse und dem nächsten Leser überlasse, als sei es neu und frisch und rein wie die Morgenröte. Lesen ist immer eine ganz persönliche, ja intime Handlung, und da passt es nun mal nicht, wenn ich die Fettfinger, eine ganze Latte macchiato oder gar die Popel des Vor-Lesers mitlesen muss, als wär' das Buch in Blindenschrift. Dafür sind Schutzumschläge da.

Meine Familie begreift das nicht. Meine Familie schützt keine Bücher, sie schützt Schutzumschläge. Alle wie sie da sind, pellen sie die schönen Papiermäntel von den Buchrücken, die daraufhin genauso nackt und dösig am Strand liegen wie sie selber, beschmiert mit demselben Sonnenöl und mit Sand zwischen den Szenen. Sie können mir glauben, dass ich mehrfach ungehaltene Vorträge über den Sinn von Schutzumschlägen gehalten habe, aber mir hört, wie immer, keiner zu. Jaja, sagen sie und lassen die Umschläge davonflattern wie besoffene Brieftauben.

Thema Buch und Kolumbus: Einen schönen Einband hat zum Beispiel die Neuerscheinung „Es war nicht Kolumbus“ von Tony Horwitz. Die haben mir die Kollegen auf den Tisch gelegt, genauso wie ich seit Jahren in Büchern über Katzen, Katzenkalendern und Katzen-CDs ersticke. Ja, selber schuld, ich weiß. Aber glauben Sie ernsthaft, dass Karl May nur Indianergeschichten gelesen hat und Astrid Lindgren ausschließlich Kinderbücher? Über „Es war nicht Kolumbus“ schreibt die New York Times Book Review (hinten, vorne auf dem Schutzumschlag ist eine alte Weltkarte drauf), es sei „lustig und lebendig“. Dieses Buch sei „schon allein deshalb von unschätzbarem Wert, weil es die Vergangenheit in der Gegenwart zeigt – und Geschichte als Teil des heutigen Lebens, als etwas, das uns noch immer umgibt und prägt“. Donnerwetter. Ich werde es sicher nicht lesen. Wir haben hier den nicht seltenen Fall, dass der Klappentext so gescheit macht, dass er die Lektüre des Buches ersetzt.

Das ist kein Einzelfall. Ich könnte aus dem Hut eine Hitliste der meistnichtgelesenen Bücher aufstellen, und Sie können gerne mitspielen. Die ungelesensten Bestseller mögen ja Bibel und Koran sein, aber ich dachte schon eher an „Sophies Welt“. Das war mal in aller Munde und in aller Regale: Die ganze Geschichte der Philosophie in einem Buch – poach! Ich kenne nur nicht einen Einzigen, der es gelesen hätte.

Das gleiche gilt, korrigieren Sie mich nur, für Jonathan Franzens berühmte und von der Kritik gefeierte „Korrekturen“, aber eben auch für anerkannt kanonisierte Weltliteratur. Ganz vorne stehen „Auf der Suche nach der verlorenen Zeit“ von Marcel Proust und der epochale „Ulysses“ von James Joyce.

Glauben Sie mir, auch ich wäre gerne beim „Foucaultschen Pendel“ des von mir bewunderten und innig geliebten Umberto Eco nicht eingeschlafen, allein, mir fehlte die Kraft; apropos: Mein Münchner Studienfreund und WG-Nachbar Martin nahm immer einen der drei blauen Bände des „Kapitals“ von Karl Marx zur Hand. Martin war kein Kommunist, aber er schlief so schlecht ein, und „Marx wirkt immer“, sagte er.

Einen Schutzumschlag brauchte das Kapital übrigens nicht.

(11.10.2008)

Ich sag' ja nichts, mein Freund

Nun sagen Sie mal: Wer tut sowas? Wer guckt schon im Eisfach nach, ob darin ein Buch versteckt ist? Wer guckt überhaupt am frühen Nachmittag ohne Not in ein Eisfach, wenn er weder darum gebeten wurde noch kocht, weil er sich mal wieder bedienen lässt?

Der Freund und Kollege H.

Er hat mit einer Gegendarstellung gedroht, sollte ich nicht unverzüglich öffentlich machen, dass er, Schlaukopf H., „selbstverständlich" den zweiten Roman von Stieg Larsson entdeckt habe. Im Eisfach des Kühlschranks in meiner Olivengarage. Und ihn focht es überhaupt nicht an, dass ich damit drohte, die wahren Gründe für seinen Griff ins Eisfach zu enthüllen. Wäre doch sicher interessant für Sie, zu erfahren, was er da eigentlich suchte.

Aber mein Mund ist verschlossen. Ich sage kein Sterbenswort von eiskaltem Rosato, stattdessen, denke ich, ist es heute mal an der Zeit, über Männerfreundschaft zu reden, über die Männerfreundschaft an sich und im Allgemeinen über und die Männerfreundschaft im Urlaub.

Über die Männerfreundschaft im Allgemeinen ist genug gesagt worden. Das Signifikante an einer Männerfreundschaft ist ja, dass man nicht drüber spricht. Normalerweise haben Männer nicht mal einen Namen dafür. Sie sagen nicht Freund zum Freund, sondern lieber Kumpel, Kollege oder Kalle, im schwereren Fall auch Kamerad, mit und ohne Sport davor.

Dass man sich trifft, um zu reden, ist eine weibliche Projektion, vielleicht eine Wunschvorstellung, ganz sicher eine Legende. Mann trifft sich zum Biertrinken, zum Kartenspielen, Fußballgucken oder Kriegführen. Sonst könnte man ja gleich telefonieren, und Männer telefonieren niemals freiwillig.

Wenn es keine Männer gäbe, gäbe es auch keine Flatrate, es gäbe keine Telefone, vielleicht gäbe es nicht mal Ohren. So etwas wie ein Männerkränzchen ist also per se nicht denkbar. Gegen ein Gespräch unter Männern ist eine Trappisten-Andacht eine Quatschbude. Männer reden eigentlich nur, um Frauen die Welt zu erklären. Das mögen die Frauen aber nicht, und schon macht der Mann einmal mehr die Erfahrung, dass Schweigen Gold ist.

Im Urlaub unter Männern nun erholt man sich von all den Missverständnissen (Warum heißt es wohl Miss-Verständnis und nicht Mister-…?), von den Gesprächen, Diskussionen, Absprachen und Plaudereien des Alltags. Und wer eine gute Ehe führt, tut das erst recht.

Das geht im Männerurlaub beim Frühstück los. Da sagt man nichts und genießt das Schweigen bis zum Mittagessen, wo man mit vollem Mund nicht spricht. Die ersten Worte, die zwischen H. und mir in Apulien fallen, sind für gewöhnlich: „Auch schon wieder halb rum, der Urlaub."

„Jou."

Dann gehen wir wieder in uns und lesen Bücher, in denen ganz viel gehandelt und ganz wenig geredet wird.

Wenn Ihnen nun scheint, dass das doch ein wenig wenig Kommunikation sei, dann darf ich Sie daran erinnern, dass Frauen in erster Linie geräusch-, Männer hingegen ergebnisorientiert reden. Und mehr Absprache ist nun mal nicht nötig.

Und wenn Sie nun fragen, was wir da in Italien eigentlich tun, wenn wir schon nicht reden, dann ist die Antwort: nix.

Gaaar nix. Also – normal nix. Wir liegen herum oder schlendern, lesen, essen, trinken und schlafen. Richtig ist aber auch: H. und ich, wir haben nicht nur lecker Pasta, sondern auch schon mal die ganze Olivengarage verputzt, grob und fein, und anschließend weiß angestrichen. Das war Knochenarbeit, aber man kann sie schweigend verrichten, das heißt, man kann sie eigentlich nur verrichten, wenn man die Zeit nicht mit Quatschen vertut. Ich muss im Urlaub auch immerzu Holz hacken, weil H. bei der ersten Wolke am Himmel anfängt, im Kamin Panikbrände zu legen. Er verbrennt in einer halben Stunde, was die Natur in 50 Jahren produziert und ich in fünf Stunden hacke. Aber ich sag ja nix.

(25.10.2008)

Den Lafer gibt es in echt

Wissen Sie, wo ich am Wochenende war? Bei Lafer. Johann Lafer! Das ist ein Koch, und er kennt mindestens 15 Sorten Salz. Allein aus dem Himalaya. Ja, da sind Sie platt.

Sie werden den Lafer aus dem deutschen Fernsehen kennen. Das ist der Fernsehkoch, der beim Kochen und beim Lachen immer seinen Oberkiefer festhält, damit ihm die Brücke nicht in den Kochtopf fällt. Früher hat ihm manchmal der Johannes B! Kerner dabei geholfen. Jetzt tut das der Lichter.

Der Lafer ist echt gut. Da nimmst du vom Fernsehgucken schon zu, so lecker kocht der. Vor allem Dessert. Dazu sagt er immer DESSers, weil er aus der Steiermark kommt, aber es schmeckt trotzdem. Jetzt haben wir ihn im Hunsrück-Örtchen Stromberg in der Stromburg besucht. Da gibt es eine echte Küche, und da kocht er in echt. Die Burg gehört seiner Frau, aber jetzt steht da überall Lafer drauf, bzw. „Lafer's" mit falsch hingeschnörkeltem Apostroph. Das „Lafer's" steht überall drauf. Natürlich auf dem Toreingang zu Lafers Stromburg: „Lafer's Stromburg". Und dann auf den Büchern, Senftöpfen, Küchen-Schürzen, T-Shirts, Proseccopüllekes, Himalaya-Salztöpfen und „Val d'Or"-Prospekten. So heißt nämlich Lafers Restaurant, bzw. dem Lafer sein Restaurant, also „Lafer's". Das liegt gleich neben „Lafer's Garten", in dem unter anderm eine echte Kanone von früher drinsteht. Die Kanone guckt über Lafers Burgmauer direkt auf eine Betonfabrik mitten im malerisch in einen Talkessel gespuckten Örtchen Stromberg. Wer die Fabrik sieht, der wünscht sich, dass Johann Lafer eines Tages die Nerven verliert und die Kanone abfeuert.

Wie man da hinkommt? Auf Empfehlung. Dann gut und gerne 200 km Autobahn an Leverkusen, Köln, Andernach und Boppard vorbei, dann im Ort Stromberg drehen, weil man in einer Rechtskurve garantiert am Schild „Stromburg“ vorbeigefahren ist, wo es links ab ging, fünf Kilometer zurück, dann richtig rechts abbiegen, über eine mittelalterliche Brücke (die wir einfachheitshalber Johann-Lafer-Brücke nennen wollen), am Johann-Lafer-Weg mit den geschnitzten Totempfählen vorbei und neben Dreiliteraudis, einem Aston Martin und ein paar popeligen Porsches parken, steil einen roten Teppich hoch zur Rezeption, die einen fast k.o. lächelt.

Danach erinnert man sich an nichts mehr außer an ein schickes Zimmer (mit allem, aber ohne Waage!). Das hieß Witzigmann (Bocuse war belegt). Unvergesslich auch das Schild im Badezimmer, das mit „Johann Lafer's“ lachendem Konterfei für Keramik von Villeroy und Boch wirbt, der Fernseher, in dessen 1. Programm den ganzen Tag lang Kochshows mit Lafer laufen, ungefähr 350 Fotos von Lafer auf dem Weg hoch zum Zimmer und zum Parterre-Klo: Lafer (lachend) mit dem Bundespräsidenten, Lafer (lachend) mit Kürten, Kerner, Jauch, Gottschalk, Lafer (lachend) mit Beck, Becker, Beckenbauer, Beckett und Beckham, Lafer mit Nicolas Cage, Lafer mit 35 Olympiasiegern. Außerdem waren da noch Türme von Lafer-Büchern sowie Pötte und Geschirr mit Lafer-Empfehlung. Aber da war eben auch diese grandios geschäumte Sauce zum auf den Punkt gebratenen bretonischen Steinbutt, flankiert von einem Sorbet der Guldentaler Quitte, gefolgt von dem malerisch zartsaftigen Rücken eines unvorsichtigen Rehs aus dem Soonwald, das auf einem Topinambur-Ragout seine letzte Ruhe fand. Dann aber weiß man nichts mehr, weil der Schock der Rechnung, gezeichnet von Johann Lafer, mein Konto und alle Erinnerung vorübergehend auslöschte.

Zwei Tage und ein Kilo später fällt einem dann ein, was das Einzige war, das auf „Johann Lafer's“ Stromburg nicht einen lachenden Lafer mit falschem Apostroph draufgepappt hatte. Das war ein erstaunlich schlanker, überaus freundlicher, aber sichtlich etwas müder Herr meines Alters, der sich kurz nach elf Uhr erkundigte, ob wir bittschön zufrieden seien. Wir waren sehr zufrieden, denn das war Johann Lafer. Der Koch des Abends hieß übrigens Thomas Kahl.

(15.11.2008)

Auf Rotweinflecken gehört Salz

Was hat mir meine Frau immer und immer wieder gesagt? „Jörg, stell deine Rotweingläser nicht auf dem weißen Berber ab!"

Und was hab' ich gemacht?

Und was ist prompt passiert?

Genau.

Aber ich konnte nichts dazu. Mein Kater ist schuld. Wo sollte ich denn bitteschön meinen Rotwein abstellen? Etwa auf dem runden Rattan-Höckerchen von Ikea, das wir eigens zum Zwecke des Gläserabstellenkönnens gekauft haben?

Da liegt immer Indiana Jones drauf. Springt hoch, dreht sich halbmal um und fläzt sich drauf. Von dort aus kann er in den Garten gucken und demonstrativ die Nachbarkater angähnen. Außerdem hat er durch das spiegelnde Terrassentürglas auch noch unser Wohnzimmerchen im Blick. Und er kann beim leisesten Anzeichen einer geöffneten Katzenpampsdose oder eines angeritzten Hähnchenbrustfilets mit zwei Sätzen in der Küche sein. Darum liegt er meist auf dem Rattan-Hocker, und so bräsig er auch daliegen mag: Ein Rotweinglas auf ihm abstellen kann ich nicht. Bleibt also nur der weiße Berber, was soll ich machen?

Nun will ich mit Ihnen gar nicht darüber diskutieren, warum immer nur Gläser voll Rotwein und nie Gläser mit Weißwein oder Mineralwasser umkippen; das liegt an derselben heimtückischen Ordnung der Dinge, die macht, dass Butterbrote immer mit der gebutterten Seite auf dem Boden landen. Das ist so, das war so, das wird auch so sein.

Und das mit dem Rotwein musste so kommen.

Jones hatte sich's auf dem Rattanhocker bequem gemacht und ich auf dem gilbgrauen Sofa gelegen, um noch das letzte Champions-League-Spiel aus dem Fernseher zu wringen; meine Gattin lag längst mit Stieg Larsson (3. Band) im Bett, da muss ich wohl eingenickt sein. Als die Tür krachte, weil meine Tochter von einer ihrer 350 Vorabi-Parties nach Hause kam, schreckte ich vom Sofa hoch und sprang auf die Beine – mitten ins Rotweinglas. Das war noch voll und ergoss seinen Inhalt, einen vollfruchtigen, farbsatten, 13,5-prozentigen Negroamaro aus Südapulien, über den weißen Berber.

Ein Blutbad. Ein Albtraum. Er sickerte ein. Ich wusste, sie würde mich umbringen. Wie in Trance schwebte ich in die Küche, saugte den Lago di rosso mit ein paar Haushaltstüchern auf, sah, dass das Unsinn war, und griff beherzt zum Salz. Auf Rotweinflecken muss man unbedingt Salz streuen! Das war so, das ist so, warum, weiß ich nicht. Ich streute jede Menge Salz auf den Berber, als das gejodete Meersalz alle war, nahm ich das aus Bad Reichenhall und streute, als hätte der Wetterbericht Berber-Glatteis angekündigt. Der Fleck rührte sich nicht vom Fleck. Ich kippte nach. Als eine ungefähr drei Zentimeter dicke Salzkruste auf dem gepökelten Teppich lag, konnte man den Rotweinfleck nicht mehr sehen. Ich ahnte zwar, dass das keine Dauerlösung war, aber mehr war da im Moment nicht zu machen. Zumindest würde meine Gattin unserer Wohnzimmer-Saline mein heißes Bemühen ansehen und sie würde vielleicht meinen Eifer anerkennen. Zumindest würde ich nicht lange leiden müssen. Mit dieser Hoffnung fand ich in den Schlaf. Ich träumte von einem Massaker.

Als ich am Morgen schuldbewusst ins Wohnzimmer trat, lag meine Gattin mit Putzlappen, Schmierseife und allerlei neumodischen Enzymen auf den Knien und versuchte, den Berber wieder weiß zu schnaufen. „Wie ist denn das passiertert?", fragte die Inquisition, und ich sagte: „Jones ist schuld!" – „Hab ich dir nicht immer und immer wieder …?"

„Hast du! Aber du hättest es Jones sagen sollen!"

„War ER das etwa?"

Nein, aber jetzt lag er schon wieder auf dem Hocker. Oder noch. Betrachtete aus seinen großen Bernsteinaugen den Kampf um den weißen Berber, der, wie meine Frau schwor, ihr allerletzter sein würde. Dann maunzte Jones und spuckte in hohem Bogen sein Frühstück vom Hocker auf den Teppich.

(6.12. 2008)

Schneekatzen

Endlich Schnee! Auch das noch! Irgendwie kam mir der Wochenanfang wieder mal so richtig deutsch vor – und ich mir selber auch: Erst lechzt man jahrelang nach richtigem Schneefall und freut sich wie ein Schneekönig über jede blöde Flocke – und wenn er denn tatsächlich fällt und ausnahmsweise auch noch liegenbleibt, dann gibt man Katastrophenalarm. Die Omas rufen fünfmal am Tag an mit diesem Beben in der Stimme, das einem schon vor 40 Jahren auf die Nerven ging, und es nutzt gar nichts, dass man schwört, dass man die Nieren schön warmhält und sich traditionell ausschließlich beim Fußball Beine bricht, nie aber im Schnee. Und dass man die Winterreifen für teuer Geld zum Autofahren bei exakt diesem Wetter gekauft hat. Und stehen bleiben könne ein Auto auch auf Sommerreifen.

Meine Gattin und ich haben der großmütterlichen Besorgnis also auf breiter Front getrotzt; und Rosa das Autofahren bei diesem mordsgefährlichen Schneewetter natürlich untersagt. Das ist ein Widerspruch? Kein Widerspruch.

Und mir hat der Schnee gefallen. Ich liebe es, die jungen Familien auf den Heimaterde-Pisten zu beobachten: Wie sich die Papas ihre Zwei-, Drei-, Vierjährigen vor die Bäuche schnallen und sich auf ihren blauen Plastikbobs tollkühn die Maulwurfshügelhänge hinabstürzen und idiotischerweise „Brennholz!" rufen. Jeder sieht: Die Kinder finden das nach zehn Minuten nur noch kalt und doof, nur ihre Väter sind selig. Hauptsache. Und Papa bleibt auch dann noch winterhart, wenn die Blagen längst blaulippig bibbern und der Hang aus lauter braunen Streifen besteht, von denen man nicht genau weiß, was davon Humus ist und was Hund.

Meine Frau und ich seufzen dann immer leise, denn wir sind heimlich ein bisschen wehmütig, weil unsere Kinder schon so groß sind. Verstehen Sie mich nicht falsch: Ich bewundere meine Kinder dafür, dass sie unter Eltern wie uns so heranwachsen konnten. Und ich genieße es täglich, dass ich niemandem mehr außer mir selber die Nase putzen muss, dass mich niemand nächtens aus dem Bett bölkt oder greint; aber mindestens an Schneetagen hätte man sie doch noch mal gerne ein bisschen kleiner. Früher konnte ich meinen Sohn schwer damit beeindrucken, wenn ich zu einem selbstmörderischen Bauchfletscher ansetzte oder kurz vorm Kolumbusbächlein Todesrollen in den Schnee spektakelte. Mir hat sein bewundernder Blick durchaus gefallen. Na, Schnee drüber.

Schöner weißer Schnee.

Wenn man sich in meinem Hexenhäuschen mit dicken Wollsocken auf unserm gelben Sofa rumfläzt, hat man einen kurtaxepflichtigen Blick auf den kleinsten und schönsten Winterwald Nordrhein-Westfalens: Der Buhle-Bambus und die großen Thujas biegen sich unter den Kristallbergen, das Vogelhaus hat eine weiße Pudelmütze auf, sogar der Mickerginster macht was her, so ganz in Weiß, und die Welt strahlt uns an, dass es in den Augen schmerzt. Alles ist neuschneeweiß – außer unserem Berber natürlich. Der hatte mal die Farbe von nagelneuen Lammfellinnensohlen und sah nach Flokati aus wie ein erlegter Knut; aber nach all dem verheerenden Gesalze und Gerubbel und den anderen Reinigungsflops liegt er da wie ein gigantischer Nikotinmatschfleck, und man denkt spontan an Kater-Inkontinenz.

Apropos.

Unsere Smilla selig hatte ja schon ein gewisses Gespür für Schnee. Aber ihr Sohn Indiana Jones ist eine echte Schneekatze. Er genießt es, schulterhoch im Gestöber zu versinken. Dann stakst er wie ein schwuler Kranich durch unsern Garten und fängt, bevor die Pfoten festfrieren, zu hopsen an, als hätte in seiner Familie mal ein Känguru geruht. Als er diesmal so richtig durchgefroren und vollgesogen war wie ein großer kalter Schwamm, suchte er menschliche Wärme. Bei mir. Und schlüpfte gegen 5 Uhr schnurrend unter meine Decke.

Ich mag den Winter nicht sehr.

(10.1.2009)

Wir sind vielleicht ein bisschen doof

Heute muss ich Sie mal um Diskretion bitten, absolute Diskretion. Ich bin da einer ganz heißen Sache auf der Spur, einem Skandal, der zunächst die Heimaterde, dann Deutschland erschüttern wird, bis dass er sich in Schockwellen über die Benelux-Länder, den ganzen Alten Kontinent und dann global rundum fortsetzen wird, bis er wieder bei uns landet, Kolumbusstraße 123.

Am allererschüttertsten von allen aber werden jene sein, die noch immer glauben, dass sie Katzenbesitzer seien. Ja, sie machen noch neckisch hö-hö, wenn sie das Glaubensbekenntnis der Katzgläubigen vorbeten, nach dem Hunde Herrchen und Frauchen haben, die 6,3 Millionen Katzen in Deutschland hingegen Personal. Das ist so wahr wie trocken Brot, aber die Sache ist schlimmer, so schlimm, dass den Katzenhaltern die Spucke wegbleiben muss:

Wir Katzenbesitzer sind Teil eines erdumspannenden Experiments, das „unsere“ Katzen, egal ob schwarz, weiß, grau oder getigert, seit Jahrhunderten mit uns durchführen, ohne dass wir es bemerken: Die Tiere machen mit uns permanent Menschenversuche! Am lebenden Menschen. Also praktisch an uns. Und zwar geheime. Und ausgerechnet „unser“ vermeintlich etwas dösiger Gemüts-Kater Indiana Jones ist innerhalb dieser Verschwörung ein ganz hohes Tier.

Ich kann Ihnen zumindest andeuten, wie diese Menschenversuche bei uns ablaufen:

Zunächst maunzt der Kater so lange vom Flürchen aus die lila Haustür an, bis dass sie einer von uns öffnet. Dann denken wir: Na, immerhin ist der Döspaddel schlau genug, sich bemerkbar zu machen. Er kommuniziert, er spricht zu uns!

Welch ein Irrtum! Zeitgleich nämlich denkt Jones: „Respekt, die Dosenöffner sind ja doch lernfähig, egal, was die Leute sagen, und auch wenn's das letztemal ein bisschen flotter geklappt hat. Meine Menschen brauchen vermutlich klarere Befehle." Und dann springt er spektakulär auf die Wohnzimmerfensterbank, um die Agaven aus Apulien runterzuschmeißen und das Wohnzimmerfenster aufzumaunzen.

„Jones, du Depp!", rufen wir dann, „Du bist doch gerade erst aus der Haustür getigert. Du kannst uns mal gerne haben!"

Dabei bleiben wir demonstrativ sitzen und kommen uns klug vor.

Jones aber denkt in genau diesem Moment: „Du meine Güte, was für Vollstreicher! Sie haben es immer noch nicht kapiert."

Und er fängt jämmerlich an zu greinen, ein Maunz- und Raunz-Crescendo, das seinen Höhepunkt erreicht, wenn Nachbarn an unserm Haus vorüberziehen und wieder einmal registrieren, dass ausgerechnet der begnadetste Parkplatzwächter der Heimaterde und berühmteste Kater von ganz Mülheim bei Menschen lebt, die kein Herz haben. Das ist in der Regel der Moment, in dem einer von uns panisch aufs Fenster zuschnellt und Jones sich überlegt, dass er wohl doch lieber draußen wäre.

Ein anderer Fall von Menschendressur sieht so aus: grau. Mein Kater hat bekanntlich die Farbe der grauen Dummpoller, die man auf dem Katzengrau des Straßenbelags nicht sieht, damit man sie besser umfahren kann, Betonung auf UM. Dieser mein Kater weiß genau, was passiert, wenn er sich auf die Straße legt, als wäre er selbst Belag: er weiß, dass er alsbald von schnatternden Zweibeinern auf Händen getragen wird wie Ludwig der XIV. Weil ihn einer von uns von der Straße klaubt, damit man ihn nicht plattfährt wie einen Poller.

Also fläzt er sich, wenn ihm langweilig ist, aufs Pflaster.

Er weiß übrigens auch, dass er gekrault wird, wenn er schnurrt, und keineswegs schnurrt, wenn man ihn krault, wie wir uns das so gerne einreden. Und dass er nur große Augen zu machen braucht – und schon werfen wir mit Spielmäusen um uns. Er gähnt dann zwar und dreht sich weg, aber so hat er uns immerhin das Apportieren beigebracht. Wir sind ja vielleicht nicht die hellsten, wir Menschen, aber sooo verspielt.

(31.1.2009)

Das Kopftuch von Omma Pillekeit

So, und heute muss ich Ihnen dringend mal was aus der Parallelgesellschaft erzählen. Nämlich von Oma Pillekeit aus Essen Borbeck und was Pierre Brice damit zu tun hat.

Ich war neulich mal wieder bei meinem Blutsbruder zu Besuch. Ich meine: bei meinem richtigen Blutsbruder, mit dem ich wahrscheinlich tatsächlich einen oder zwei Blutstropfen ausgetauscht habe, damals im Sommer neben dem Bahndamm am Buchenwäldchen. Das war, nachdem wir Winnetou I gesehen hatten im Alhambra-Kino, Essen Altendorf. Damals, liebe Kinder, gab's ja noch überall in den Stadtteilen so kleine Kinos, 50 Pfennig für die Rasiersitze ganz vorne, auf die wir alle drängten, obwohl man fast nur Flimmern sah, weil man viel zu nah an der Leinwand saß. Dafür konnte man damals die Texte verstehen, weil während der Filmvorführung noch niemand Cola schlürfte, mit Janina telefonierte und Popcorn aus Maxi-Eimern kaute. War eigentlich auch ganz schön.

Ein paar Tage nach der Vorstellung hatten wir künftigen Blutsbrüder uns also vom heutigen Kruppgürtel aus in den wilden Westen Essens aufgemacht und am Bahndamm eine gute Stunde lang eine bestimmte Körperstelle gesucht. Und hatten sie nicht finden können. Denn diese Stelle sollte zwar bluten, das Blut aber möglichst unspektakulär – das heißt eher farblos und schmerzfrei – gewonnen werden können. Winnetou und Old Shatterhand hatten das ja mit einem beherzten Messer-Schnitt quer über die Unterarme erledigt, aber das kam für uns nicht in Frage. Uns lag der Unterarm definitiv zu nah an der Pulsader, und wir Helden scheuten uns, voreinander in Ohnmacht zu fallen.

So einigten wir uns am Ende auf einen Sektor Haut am hinteren, fast vergessenen Bereich des Oberschenkels. Erst kratzten wir hasenherzig daran herum, dann ritzten wir genau so tief ein, dass ein Tröpfelchen des ganz besonderen Saftes herauszuquetschen und mit dem anderen heroischen Tröpfelchen mischbar war.

Blutsbrüder! Das war, als Aids noch nicht erfunden war. Aber darum geht es ja gar nicht. Bei meinem Blutsbruder war eine junge Frau zu Gast, um seine neue Wohnung zu begutachten. Er war gerade umgezogen und sie Innenarchitektin. Er kannte sie nicht gut genug, um sie vorher einzuspannen, aber gut genug, um auf ihr Urteil Wert zu legen. Sanft war sie von Gemüt und türkisch von Geblüt, aber hier geboren, eine echte Borbeckerin.

Dieser schönen Dame aus dem Morgenland erzählten wir von unserer Blutsbruderschaft, was ihr sehr exotisch vorkam. Und sie konterte. Sie erzählte uns von ihrer Tante, ihrer deutschen Tante, die für die kleine Türkin einst wie eine dritte Oma gewesen war. Und so hieß sie auch. Tante Omma Pillekeit.

Tante Omma Pillekeit.

Was für ein Name!

Das kam locker ran an Kara Ben Nemsi. Ich war fix und fertig. Unsereins kennt solche Tanten, klar. Aber Türken? Bei uns?

Never.

Sie aber schwärmte uns vor von Omma Tante Pillekeit von einem Stockwerk drunter. Und davon, dass sie immer dieses komische Kopftuch getragen habe, weiße Blümchen auf preußischdunkelblauem Grund, und dass sie's immer zum Teppichklopfen, aber auch sonst getragen habe, die Tante Omma Pillekeit. Komisch. Wer trug damals schon Kopftuch in Borbeck? Außer Tante Omma Pillekeit natürlich?

Und sie erzählte: Die Omma Pillekeit hatte noch einen einzigen Zahn im Mund, aber zwei Liebhaber, die gute Tante Omma Pillekeit aus Borbeck.

Und sie hatte die Hosen an, drangsalierte, dirigierte und kommandierte ihre Liebsten rum wie ein Apachenhäuptling, zu den Kindern aber, auch zu denen mit den schwarzen Haaren, war sie wie ein Engel, sanftmütig, gütig und voller leckerer Butterbrote.

Dramatischer wurde der Abend nicht, aber er hat mir gut gefallen, weil ich eine Schwäche habe für schöne exotische Geschichten aus der Parallelgesellschaft.

(28.2.2009)

Was sonst noch passierte

Sie werden es gar nicht gemerkt haben, aber ich habe mich zwischendurch für eine Woche in den warmen Süden verdrückt: nach Apulien, in meine Olivengarage. Und soll ich Ihnen was sagen? Der Süden war gar nicht warm. Um die Wahrheit zu sagen, habe ich mir den Hintern abgefroren. Überall machte es matsch und quatsch und stand das Unkraut bis zum Kinn, und eigenes Olivenöl gibt es dieses Jahr auch nicht. Aber dafür habe ich im Mezzogiorno eine neue heiße Liebe gefunden: die zur Zentralheizung.

Wenn nämlich nachts die Temperaturen Richtung Gefrierpunkt fallen und morgens der Raureif auf den Kaktusfeigen glitzert, dann ist so ein offener Eck-Kamin, in dem OIivenholzscheite knistern, nicht mehr romantisch, sondern schlicht überfordert. Und an den Mandelbäumen, die eigentlich zu blühen gehabt hätten, kam es nur zu vereinzelten Frustblüten: Der Rest hielt sich draußen bedeckt. Drinnen bin ich mehrfach nachts aufgewacht, weil mir die Kälte in die Nasenknospe biss.

Erderwärmung? Ich lach mich tot. Aber jetzt ist alles wieder gut: Sauwetter in Mülheim, aber gut beheizt. Und man staunt ja immer wieder, was alles während einer Woche der Abwesenheit NICHT passiert.

Dass, was doch passierte, ist meistens nichts Gutes. Ich lese natürlich alles nach, damit ich mitreden kann, aber neugieriger bin ich doch auf das, was nicht in der Zeitung stand und nicht über den Bildschirm flimmerte. Das für mich Allerwichtigste findet nämlich weder an der Frankfurter Börse noch im Kölner Untergrund statt, sondern rund um die Kolumbusstraße 123. Darüber aber berichtet kein Fernsehen und kein Internet, das erzählen wir uns am Wohnzimmertisch, und es steht NUR im Kolumbus.

Also: Wir haben zwei neue Nachbarn mit zwei nagelneuen Nachbarkatzen. Sie sind jung und niedlich, eine Tigerin und so'ne Schwatte mit weißen Stippen. Wie die Nachbarn berichten, guckte Jones, bevor man das Haus verrammelte, regelmäßig nach, wie es ihnen ging und was in ihren Fressnäpfen lag. Es muss was Gutes gewesen sein, denn er aß es immer auf. Anschließend spielte er mit den Kleinen Räuber und Gendarm, wobei er immer der Gendarm war und die armen Kleinen auf der Flucht.

„Sowas macht unser Jones nicht. Das passt gar nicht zu ihm", muss meine Gemahlin so lange beteuert haben, bis sie Augenzeugin wurde: Unser liebenswürdiger Jones ist ein ausgemachter Rüpel geworden.

Er hat übrigens auch den einst übermächtigen Nachbarkater Floh aus dem Weg gerüpelt, der ihn so lange aus unserem Garten gefaucht und gepinkelt hatte. Jetzt ist Jones der Boss und genießt es schamlos.

Wir sind jetzt also, endlich!, Besitzer eines Alpha-Männchens, aber, glauben Sie uns, wir bilden uns darauf nichts weiter ein. Wir sind noch genauso nett wie vorher, und sollten Ihnen jetzt Nachbarn was anderes sagen, glauben Sie nicht denen, die Ihnen was schwören, glauben Sie uns.

Was Sie vielleicht nicht glauben, ist, dass ich am Abend nach meiner Rückkehr auf dem gilben Sofa taute und Nachrichten guckte. In Apulien gab's ja abends immer nur Kaminfeuer, das ist auf Dauer noch blöder als Fernsehen in Deutschland.

Als das Telefon klingelte, sprang ich spontan auf – und trat das Rotweinglas um, das auf exakt der gleichen Stelle des Berberteppichs stand wie jenes, das vor vier Wochen havarierte. Wir hatten uns nach Salzkur, Teppichschaumbad und Rubbelorgien schon fast an die gelbe Berberwolke vor dem Sofa gewöhnt, aber jetzt blutete inmitten der gilben Wolke ein neuer roter See. Es war sehr freundlich von meiner Frau, mich nicht zu erschlagen. Morgen bringen wir den Scheißteppich zum Mülheimer Entsorgungshof – falls er ins Auto passt. Sonst bleibt er hochkant zusammengerollt in der Eselsecke meines Schweinestalls.

Was sagen Sie? Ich sollte weniger Rotwein trinken? Quatsch. Ich sollte weniger davon umkippen. Und – Hauptsache, man hat was zu erzählen.

(14.3.2009)

Dick und doof, mein Körper

Reformationstag, Allerheiligen und Halloween – ein großartiger Anlass, mit meinem Lieblings-Horrorthema weiterzumachen: abnehmen.

Es könnte tatsächlich gelingen, wenn ich jeden Tag 200-mal die neue Körperfettwaage, alle Körner und Salate, aber auch ausgehöhlte Kürbisse aus dem lila Fenster würfe. Das trau ich mich aber nicht, denn mein Kater würde alles apportieren. Also habe ich es zwischendurch mit der simpelsten und einleuchtendsten Diät der Welt versucht, mit FDH.

Glauben Sie mir, ich habe tagelang wirklich nur die Hälfte gegessen. Und nachts auch. Allerdings aß ich doppelt so oft die Hälfte wie sonst, und schon klappte es wieder nicht mit dem Abnehmen. Dann kaufte ich mir ein neues Buch, weil mir der Titel so verlockend erschien. Er war nicht ganz so freudlos wie „Fett weg!" oder „Vorsicht, der Kühlschrank beißt!", so entschied ich mich für „Hunger & Lust – Das erste Buch zur Kulinarischen Körperintelligenz".

Hunger und Lust, das ließ sich schon mal gut an. Und „kulinarische Körperintelligenz", das klang lecker und sogar ein bisschen nach Kompliment. Und nach einer Chance zur Rehabilitation: Wenn mein Körper schon dick ist, vielleicht ist er ja wenigstens intelligent.

Die wichtigste Botschaft des Autors Uwe Knop ist: „Verlassen Sie sich beim Essen auf Ihr Bauchgefühl." Man sollte nämlich niemals aus Routine essen oder nur, weil was Leckeres auf dem Tisch steht oder man es dem anderen nicht gönnt, sondern nur, wenn man so richtig Hunger hat. Und wann das soweit ist, sagt einem der Körper dann schon: durch Magenknurren, Gereiztheit oder Händezittern bei sogenannter Hypoglykämie, zu der man als durchschnittlich schlaukörpriger Laie aber gerne Unterzuckerung sagen darf. Tja, das Bauchgefühl … Mein persönliches Bauchgefühl sagt mir, dass mein Bauch zu dick ist. Und er will immer nur das Eine: essen.

Auf weitere Tipps hätte man auch selber kommen können. „Essen Sie nur das, worauf Sie echte Lust verspüren und was Ihnen schmeckt."

Ja, und dann? Ich habe seit Beginn meiner Rauch-Pause IMMER Hunger und am allermeisten auf alles und auf Schokolade. Kommt es denn wirklich weniger darauf an, was ich esse, als darauf, dass ich mich dabei wohlfühle und genieße?

Ich zum Beispiel genieße leider ganz besonders die Kombination aus Schokolade und apulischem Rotwein, wobei ich mich bei höheren Dosen immer besser fühle. Nur wenn ich morgens auf der Waage meinen Fettgehalt analysieren lasse, fühle ich mich ernüchtert.

Nun vertritt der Autor Knop die Ansicht, dass jeder menschliche Körper „sein eigenes Wunschgewicht" habe. Aber da sind mein Körper und ich ganz und gar nicht einer Meinung. Ich wünsche mir schlicht weniger Gewicht, meinem Körper ist selbst mein jetziges nicht hoch genug. Ich finde, mein dummer Körper sollte bei diesem Thema den Mund halten. Außerdem kommt es sowieso nicht auf das Gewicht an, sondern auf die Silhouette. Sonst könnte man sich ja bei Übergewicht einfach den Unterschenkel amputieren lassen.

Aber der Knop lässt nicht locker: „Die Kulinarische Körperintelligenz ist das individuelle Körperwissen, das über die instinktiven Gefühle Hunger und Lust unsere Ernährung bedarfsgerecht steuert. Dieses intuitive Wissen wächst mit jeder Mahlzeit, die ein Mensch in seinem Leben zu sich nimmt." Reiner Calmund muss demnach den Geniebereich schrammen.

Mein kulinarischer Körper aber besitzt keinen Funken Intelligenz. Bei mir wächst nicht das intuitive Wissen, sondern meine Hüfte. Mein Körper ist dick und doof. Und joggen will er auch nicht.

Nun, ich habe, wie so oft in schwierigen Fällen, im Lexikon des unnützen Wissens geblättert und dort eine überaus nützliche Information gefunden: Wer seinen Kopf gegen die Wand schlage, heißt es da, verbrenne 150 Kalorien in der Stunde.

Ach ja?!

Boing!

(31.10.2009)

Neues von meinem Körper

Oh, das hätte ich ja gar nicht gedacht, wie sehr Sie, vor allem verehrte Leserinnen, an meinem Körper interessiert sind. Da trafen doch unerwartet viele persönliche Ratschläge und Ermunterungen ein, so dass ich beinahe schon vor Rührung abgenommen hätte. Ich muss es heute einmal sagen: Sie sind die Besten von allen!
Sie haben vor Jahren mit mir das Rauchen aufgehört und mit mir gelitten, Sie haben mich beim verdammten Joggen auf Schritt und Tritt begleitet, Sie sind mit mir durch Dick und Dünn gegangen und gehen nun mit mir durch Dick und Doof.

Danke!

Danke, liebe Frau Sch., danke für so skandalös wahre Sätze wie diesen:

„Alles, was lecker schmeckt, macht dick."

Genau, und alles, was Spaß macht, ist verboten! Gemein!

Danke auch für die Verbreitung der profunden Erkenntnis, dass auf alles zu verzichten nicht notwendigerweise schlank macht, aber garantiert unglücklich.

Nicht aber danke ich Ihnen für Ihre praktisch gemeinten Abnehm-Tipps: Ich werde NIEMALS walken, auch nicht ohne Stöcke. Das klappert zwar weniger, sieht aber, bei allem Respekt, noch bescheuerter aus. Und ich werde mir auch keinen Hund anschaffen, um mich selber Gassi zu führen. Das würde mir mein Kater nie verzeihen. Jones ist sich selber Hund genug. Und mir auch.

Aber da ist ja noch der Herr M., ein, wie er vieldeutig bekennt, „gewogener" (nicht aber für zu leicht befundener) Leser und „Leidensgenosse aus Mülheim". Der rät mir dringend, nicht weiter auf meinen Körper zu schimpfen und die Schuld lieber „im Geiste schlechthin" zu suchen. Und er, wiewohl Katholik, erinnert mich an Worte Martin Luthers: „Lernst du wohl, wirst du gebratener Hühner voll. Lernst du übel, musst du mit der Sau zum Kübel."

Aha. Ich bin sehr dankbar für diese Einlassung, muss allerdings zugeben, dass ich sie nicht ganz kapiert habe (vielleicht, weil ich geistig schlechthin seit Jahren abnehme). Ich lese darin einen drastischen Appell an den Christenmenschen, sich möglichst viel Bildung anzueignen. Damit er sich später das bessere Menü leisten kann und schön rund und dick wird.

Es könnte aber auch sein, dass mir der Herr M. damit dezent zu verstehen geben will, dass ich in seinen Augen eine disziplin- und willenlose Flachpfeife bin, die sich besser zusammenreißen sollte als noch weiter auseinanderzugehen.

Ich nehme es zur Kenntnis.

Ebenso nehme ich zur Kenntnis, dass man diese bescheidene Kolumne offenkundig bis ins ferne Amerika hinein liest. Oder meine Figur per AWACS überwacht. Denn ich habe gleich drei E-Mails bekommen, die mich, vermutlich aus reiner Freundlichkeit und Nächstenliebe, auf „das neue revolutionäre Mittel zum massiven Abnehmen" aufmerksam machen. „5, 10 oder sogar 25 Kilo weniger?", fragt es mich da überraschend gleichlautend, „wer will das nicht! Nur erreicht es kaum jemand. Zumindest nicht ohne Hilfe."

Wie wahr, wie wahr. Doch Rettung naht: „Kein Essverzicht und abnehmen", lockt es da; das neue Mittel zum einfachen Abnehmen, „Schlankheitspillen aus Amerika" nämlich, habe es sogar in eine berühmte TV-Show geschafft, schwelgt der freundlich grüßende Dr. B. – und da fange ich doch an zu stutzen. Ich war ja selber mal zu Gast in einer berühmten TV-Show, nämlich bei „Volle Kanne" im ZDF und der entzückenden Dame Bundschuh, aber dünner bin ich davon auch nicht geworden. Das heißt ein kleines bisschen dünner schon, ich habe ja in diesem Frühstücksfernsehen nicht einen einzigen Krümel gefrühstückt, weil ich so aufgeregt war. Aber so hart ist nun mal das Business: Wer im Fernsehen nicht frühstücken kann, hat in diesem Medium, das mittlerweile zu 80 Prozent aus Kochsendungen besteht, nichts verloren. So war meine TV-Karriere beendet, noch bevor ich dick ins Geschäft gekommen wäre. Schade eigentlich.

(7.11.2009)

Mein Heimat-Dschungelbuch

Es gibt Mitmenschen, die haben einen grünen Daumen. Ich habe einen blauen, weil ich ihn mir bei der Gartenarbeit in der Astschere eingeklemmt habe.

Es gibt Mitmenschen, die können unfallfrei Äste scheren; die haben ihr sonniges Wochenende gut gelaunt in ihrem Garten zugebracht und mit Wonne dort rumgewurschtelt. „Stockschnitt!" sagen sie bedeutungsvoll, wissend, dass meine Bewunderung grenzenlos ist. Sie haben in diesen Tagen ihre Sträucher und Büsche „auf Stock" gesetzt, damit alle nach den sechs Monaten November, die jetzt auf uns zukommen, genauso prächtig wachsen und blühen können wie immer. Bei ihnen.

Von solchen Ambitionen bin ich weit entfernt. Wir haben nämlich einen schwierigen Garten, voll mit Forsieziehen, Rododendren, Tujen und Krisantemen. Andere haben Rosen. Wie soll ich etwas auf Stock setzen, das ich nicht mal schreiben kann?

Ich habe keine Ahnung, wann ich zum Beispiel meine Forsythien (ha!) abschnippeln soll: Vor der Blüte, nach der Blüte, vor dem Frost oder doch danach? Und wo ich schnippeln soll: oben oder unten? Und so schnippel ich immer mal wieder zwischendurch daran herum, mal hier, mal da, und das mit Erfolg: Meine Forsythie blüht praktisch nie, selbst das Grüne muss man mit der Lupe suchen. Nach meinem Star-Schnitt wachsen aus dem Strauch nur lange, öde Stöcke. Das ist Stockschnitt à la Bartel.

Diesmal hatte ich allerdings einen ganz anderen Grund dafür, mit der Schere auf mein Gärtelchen loszugehen: Man kam einfach nicht mehr durch. Das bisschen Garten zwischen den schiefen Thujabäumen ist im Laufe dieses Jahres vollkommen verdschungelt. Um mich von der Terrasse zum Gartenhäuschen hinten durchzuschlagen, wo die Gartengeräte schimmeln, bräuchte ich einen Bulldozer. Ich nahm die Astschere von Opa Heinz sowie den Kampf auf.

Ganz ähnlich müssen sich Gene Savoy und seine Expedition gefühlt haben, als sie sich 1965 durch die dichten Nebelwälder der peruanischen Anden bis zu einer Stadt der Chachapoya durchkämpften und feststellen mussten, dass die Stätten völlig ruiniert und die Chachapoya längst ausgezogen waren. Und zwar schon seit dem 16. Jahrhundert, nachdem sie mit den spanischen Eroberern gemeinsam die Inka bekriegt hatten. Alles kaputt und von Schlingpflanzen, Farnen, Brombeerranken und wildem Gestrüpp überwuchert, Spuren einer vormaligen Zivilisation nur noch ahnbar. Also alles in allem ungefähr so wie heute unser Gartenhäuschen.

Als ich die Tür aufstemmte, hatte ich sie in der Hand, und von den fünf Millionen Spinnen und Asseln, die dort wohnten, guckten die meisten schwer beleidigt.

So konzentrierte ich mich fürderhin ganz aufs Wegfreischlagen. Wobei mir das Kunststück gelang, mich in meinem eigenen Bonsai-Gärtelein zu verlaufen. Ich stapfte zwischen den Rhododendren hindurch, verfing mich im Lorbeer, lief in die Stachel einer Beere, trat einen Buchsbaum platt und stand mit einem Mal auf Smillas Grab. Daneben legte ich eine Pflanze frei, die meine Frau mal aus dem Gartencenter heimgebracht hatte: Ich erkannte sofort, dass es sich um Rodgersia aesculifolia, ein kastanienblättriges Schaublatt, handelte.

Denn genau das stand auf dem Stück Pappe, das neben dem Hänfling im Boden steckte. Der Gartencenter-Prosa und dem aufgedruckten Foto zufolge hätten sich da bei der „Solitärstaude am Gehölzbereich" prächtige rispenartige Blüten zeigen müssen, und zwar in einem Meter Höhe. Aber Rodgersia aesculifolia kann ja nicht lesen. Also kümmerte da bloß ein handhoher Stängel mit fünf Mickerblättern vor sich hin und spielte sowas wie Duck-Kastanie.

Ich schor weiter, bis auf einmal meine Gattin vor mir stand, die Bewegungen im Unterholz ausgemacht und mein Schnaufen gehört hatte. Mir war das irgendwie peinlich, aber was Intelligenteres als „Mr. Livingstone, wenn ich mich nicht irre?!" fiel mir in meinem roten Kopf leider nicht ein.

Ich fuhr dann ins Gartencenter und kaufte ihr einen Strauß Astern.

(16.10.2010)

Die spinnen, die Deutschen

So, heute erzähle ich Ihnen mal, wie der Osterhase nach Süditalien kam. Zuerst die Kurzform:

Das waren wir.

Und nun die etwas längere Fassung: Können Sie sich vorstellen, dass es auf diesem Planeten Länder gibt, die weder Gummibärchen noch Osterhasen kennen?

Süditalien war so ein Land. Bis vor elf Jahren die Familie Bartel in das bis dahin so friedliche Land zwischen den Meeren einfiel, sich eine Olivengarage ohne Heizung, Strom und Wasser, aber mit Olivenbäumen und Mandeln drumrum kaufte und fortan fast alle Ferien dort verbrachte. Und die ersten Ferien waren Osterferien.

Weil unsere Kinder natürlich auch zwischen Kaktusfeigen und Oleander auf dem Eiersuchen bestanden und wir irgendwie ahnten, dass es weder im nahen Super-Mac noch im etwas ferneren Posto di Blocco ökologische Ostereierfarben geben würde, nahmen wir das Zeug gleich paketweise mit. Und lila Schokohasen für unsere Freundeskinder.

Die waren erstmal baff:

Un coniglio di pasqua? Ein Osterhase? Hä?

„Ja, und der versteckt die Eier …“

„Und die Weihnachtsgeschenke bringt euch bestimmt ein Känguru!“, blödelten die Italiener.

„Nein, das macht immer schon der Deutsche Schäferhund“, sagten wir.
Das hielten sie immerhin für möglich. Bald schon machte das deutsche Osterwunder im Hackenzipfel Italiens die Runde:

„In Deutschland gibt es einen Hasen, der Hühnereier färbt und versteckt!" Eine Sensation. Unsere lieben Apulier kannten Hasen bisher vorzugsweise mit viel Rosmarin und Lorbeer in trockenem Weißwein geschmort. Aber einen mit Pinsel in der Hand und Eierkippe auf dem Rücken hatte noch nie einer gesehen.

„Nein, gesehen haben wir den Osterhasen auch noch nicht", klärten wir sie auf, „der tut das heimlich." Jetzt stellten sie sich den deutschen Osterhasen ungefähr so vor wie den Heiligen Geist mit langen Ohren. Immerhin haben wir ihre Spekulationen zerstreuen können, dass wir Heiden nördlich der Alpen möglicherweise daran glauben, dass auf Golgatha ein Karnickel gekreuzigt worden ist. Um letzte Zweifel zu zerstreuen, haben wir sie alle miteinander am Ostersonntag zum ersten Eiersuchen ihres Lebens eingeladen.

Dabei versteckten die spinnerten Deutschen natürlich nicht nur Eier, sondern auch Gummibärchen, Nougateier und lila Schokohasen, das ganze Osterprogramm. Und das war – vor allem für ihre Blagen – der Brüller. Seit diesem historischen Osterfest bei Bartels in der Pampa bestehen alle Freundeskinder darauf, dass auch zu ihnen daheim in Cavallino di Lecce, in Tuglie, Maglie und Gallipoli der deutsche Osterhase kommt und bunte Eier versteckt.

Das hat die Osterkultur in der Region nachhaltig verändert. Jahrhundertelang sind die Italiener da unten alle Mann hoch am Ostersonntag ans Meer gefahren. Am Sandstrand oder unter den Pinien packten sie ihre Picknickkörbe aus und taten das, was sie am liebsten tun: essen. Und einige wagten, wenn die Sonne schön schien, schon ihr erstes Bad im blauen Meer. Jetzt suchen sie Eier.

Wobei dort unten nach wie vor der Ostermontag, „pasquetta", der Hauptfeiertag ist. Pasquetta bedeutet zwar eigentlich so viel wie „Österchen", dahinter verbirgt sich aber in Wahrheit ein gewaltiges Familienmittagessen. Da tischt die „mamma" für alle ein „banchetto" auf, unter dem sich die Tische biegen.

Da locken alle erdenklichen Spezereien, natürlich zubereitet nach den einzig wahren ur-uralten Familienrezepten, die sich mit den grundfalschen anderer Sippen – oder gar Ihrem lausigen Lieblingsitaliener umme Ecke – gar nicht vergleichen lassen. Da gibt's pasta und riso, carne, pesce und frutti di mare bis zum Kollaps und dolce, caffé und un bel grappino zum Finale.

Und neuerdings natürlich bunte Eier vom deutschen Osterhasen.

(23.4.2011)

Der mit den Katzen

Es war an einem Sonntagmorgen, gar nicht lange her, da saßen wir beim Sonntagsfrühstück am Wohnzimmertisch, als wir draußen vor der Tür jemanden tuscheln hörten: „Kumma, die lila Tür. Hier ist das also. Da wohnt doch der mit den Katzen …!“ Und schon hoben sich ein Haarschopf, Augenbrauen und ein Nasenansatz über unsere sorgfältig zerkratzte Fensterbank, und ein freundliches Augenpaar guckte neugierig auf unsere Brötchen. „Oh, die sind da!“, tuschelte es, und dann war das Augenpaar plötzlich weg.

Guten Tag! Ich bin „der mit den Katzen“ und habe alles falsch gemacht. Ich hätte nie eine Zeile über Smilla, Jones und Blümchen schreiben dürfen, keine silberne Silbe über Katzenscheinschwangerschaften, Kaiserschnitte und Totalschäden.

Jetzt bin ich „der mit den Katzen“, und alles, was ich vorher oder nebenher geschrieben habe, zählt nicht. Hallo! Hat vielleicht irgendjemand meine großartigen Reportagen vom Mauerfall gelesen, mein epochales Interview mit dem Prinzen von Bayern? Meine Einlassungen zur Rechtschreibreform, meine Bob-Dylan-Hymnen? Hat irgendjemand auch nur ansatzweise zur Kenntnis genommen, dass ich nach dem Drama von Gladbeck über den Rösner-Degowski-Prozess geschrieben und die schönste Kuh Deutschlands besungen habe (die hieß übrigens Geba und kam vom Niederrhein)?

Dass ich mit Conny Färber und Alexander Richter vor 1.000 Jahren einen sehr schmeichelhaften Journalisten-Preis für eine Serie nicht über Katzen, sondern über Müllvermeidung gekriegt habe? Dass ich seit 20 Jahren versuche, das NRZ-Feuilleton zu leiten?

Zählt alles nicht, ich weiß. Hunderte kulturpolitische Analysen, beseelte Theaterkritiken oder aparte Überschriften hätte ich mir schenken können, die Katzen-Plage und die Kolumbus-Kolumne stechen alles aus. Dabei geschah das, zehn Jahre her, aus reiner Notwehr. Alles begann damit, dass mein verehrungswürdiger

Vorgänger, der fabelhafte Gerd Fischer, irgendwann entschied, nun habe er aber lange genug seine Kolumne „Das fiel mir auf", den Nachfolger von „Bei uns zu Haus", getextet, und nun sei ich an der Reihe, bitteschön.

Sonst eine Seele von Mensch, ließ sich der Vater aller Familien-Kolumnen nicht erweichen, und ich fing dann mal an.

Und dann kam Smilla … Rasch stellte ich fest: dass sich bei einer solchen Familien-Kolumne ein ganz eigener Grundton einschleicht; dass man sich als Kolumnist immer auf dem schmalen Grat zwischen Ehrlichkeit und Vaterlandsverrat bewegt; dass einen mit einem Mal die Kollegen so seltsam angucken: milde indigniert, ungefähr so, wie man ein hübsches Baby mit voller Buxe anguckt, aber eben auch ein bisschen neidisch, weil man ja (ha!) unter Umständen mehr Post bekommt (ha!) als alle politischen Kommentatoren zusammen.

Und zwar fast ausnahmslos nette! Und das für Texte, die mit seriösem Journalismus ehrlicherweise ja nicht so ganz viel gemein haben.

Und dennoch: Es scheint wirklich nichts aufregender zu sein als der Alltag und nichts verrückter als die Normalität, und ganz offenkundig verspüren unsere Leserinnen und Leser das Bedürfnis, in ihrer NRZ auch Geschichten jenseits von Weltpolitik, Naturkatastrophen und Fußball-Bundesliga zu lesen. Geschichten, die das Leben persönlich schrieb und ich im Grunde nur abschreiben muss. Die obendrein zeigen, dass man mit seinen Allerwelts- und Alltagssorgen, mit seinen Erziehungsnöten, mit den größeren und kleineren Verrenkungen, Verzweiflungen, Freuden und Torheiten nicht ganz alleine dasteht in diesem weiten Erdenrund. Ich kann das verstehen, mir geht's genauso.

Nur bei den Katzen hatte ich mich glatt verkalkuliert. Kaum war die erste Katzenkolumne erschienen, hagelte es Post. Ich wusste ehrlich nicht, dass Katzen lesen, dass sie Leben verändern können und Kern-Familie werden. Ich wusste nicht, dass sich die Erde nicht um die Sonne dreht, sondern um einen Fressnapf mit Möhren-Hühner-Pamps vom Jumbo-Zoo.

Ich habe weder die Briefe („schöne Grüße an Jones!") noch die Katzenfotos gezählt, die mich im Laufe der zehn Jahre erreicht und so oft berührt haben. Auch bei meinen Lesungen habe ich eine Menge abenteuerliche Geschichten und von Schicksalen gehört, dreimal origineller, witziger, kurioser als die meinen. Und so fand ich schließlich meine Bestimmung: als Kolumbianer, Kummerkasten, Schnurrbartel, „der mit den Katzen".

So sei es denn.

(8.7.2011)

Impressum

Jörg Bartel
Kolumbus & Co.

NRZ – Mitten im Leben
Kolumnen und Karikaturen
Band 4

1. Auflage Juli 2021

Illustration Titelseite: Thomas Plaßmann
Gestaltung: Volker Pecher
Druck: Multiprint

ISBN 978-3-948365-25-7